KB078379

눈으로 보는 광고천재 1ㅁ

킹묵 현대 판타지 소설

초판 1쇄 찍은 날 § 2021년 7월 23일
초판 1쇄 펴낸 날 § 2021년 7월 30일

지은이 § 킹묵
펴낸이 § 서경석

총괄팀장 § 노종아
편집책임 § 박현성
디자인 § 스튜디오 이너스

펴낸곳 § 도서출판 청어람
등록번호 § 제387-1999-000006호
등록일자 § 1999. 5. 31
어람번호 § 제1-3147호

주소 § 경기도 부천시 부일로 483번길 40 서경B/D 3F (우) 14640
전화 § 032-656-4452 팩스 § 032-656-4453
http://www.chungeoram.com
E-mail § chungeorambook@daum.net

ⓒ 킹묵, 2020

ISBN 979-11-04-92367-8 04810
ISBN 979-11-04-92281-7 (세트)

킹묵 현대 판타지 소설

도서출판 청어람

눈으로 보는 ⑩ 광고천재

ODERN FANTASTIC STORY

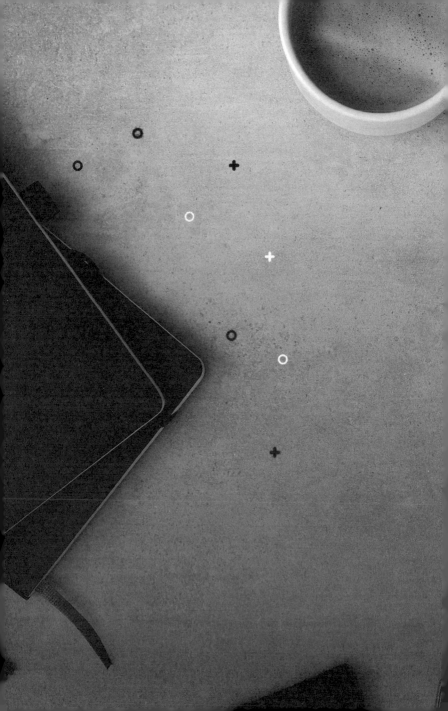

목차

제1장

서승원 II

　서승원의 팬이 직접 올린 것이 아니라 다른 커뮤니티 사이트에서 발견하고 가져온 걸 보면 반응은 성공적이었다. 박재진이 사람들을 주목시킨 건 확실했다.

　"수정아, 실시간 반응은 어때?"
　"파이온 데이터랩 보면 종합에서는 1위가 박재진 씨고, 2위부터가 서승원 씨에 관련된 것들이야. '나 혼자 삽니다'도 4위에 있는 거 보면 반응은 상당히 좋아."
　"10대, 20대는?"

　DIO의 타깃이 젊은 층이었기에 그들의 반응이 중요했다.

"10대는 게임이 1위, 교육 방송이 2위, 분마가 3위, 그래도 서승원 씨는 8위에 있어. 20대에서도 1위가 게임인 건 맞는데 서승원 씨 순위가 박재진 씨보다 위에 있어. 3위네."

"좋다."

"좋은 정도가 아닌데? 아직 방송 중인데 이 정도면, 노래 부르는 장면 나오면 1위 찍을 수도 있을 거 같아."

한겸은 웃으며 서승원을 봤다. 그러자 대화를 조용히 듣고 있던 서승원이 얼떨떨한 표정으로 스스로를 손가락으로 가리켰다.

"제가요?"

"네, 급등한 거 보면 곧 1위 될 수도 있을 거 같아요."

"아……."

"좋지 않으세요?"

"좋죠. 당연히 좋죠. 그냥 조금 얼떨떨해서요. 저번에 방송에 나왔을 때는 집계도 안 됐었거든요. 드라마 출연할 때도 마찬가지였고요. 그런데 김 프로님 덕분에 실시간검색어에서 1위도 해 보네요."

서승원은 아직도 실감이 나지 않는지 얼떨떨한 표정이었다. 그때, 범찬과 박재진이 동시에 서승원을 향해 손가락질했다.

"아니! 기껏 촬영 도와준 사람은 전데 왜 겸쓰 덕분이래요!"

"그래! 난 성대모사도 했는데 난 안 고맙고?"

서승원은 그제야 미소를 짓더니 두 사람의 장난을 받아주었다.

"다 고맙죠. 강유 형도 고맙고, 용진 씨도 고맙고요. 그리고 노래 주신 경용 씨도 감사하고, 여기 계신 C AD분들 전부 감사하죠. 정말 감사합니다!"

인사를 받은 사람들은 흐뭇한 미소를 지었다. 그러자 강유가 박재진을 보고 피식 웃으며 말했다.

"형은 고맙다고 했고? 형 전성기 C AD가 만들어준 거 아니야."
"나는! 어……? 했나?"
"기억 안 나면 안 한 거야. 그럼 지금 해."
"지금? 민망하게… 나도 항상 고맙게 생각하고 있지."

박재진은 멋쩍은 미소를 지으며 사람들을 둘러보더니 이내 갑자기 TV를 손으로 가리켰다.

"승원이 이제 노래 부르는 장면 나온다!"

박재진은 민망했는지 TV에 얼굴을 고정했고, 다른 사람들은 그런 박재진이 재미있는지 미소를 지었다. 한결도 가볍게 웃고는 TV를 봤다. 박재진이 말했던 대로 라온 스튜디오가 나오는 중이었다. 승원이 목을 푸는 모습이 나오자 진행자들이 승원에게 물었다.

　─갑자기 노래를 불러요? 밖으로 외출까지 하면서? 게다가 노래 방도 아니고요?

　─하하, 이번에 광고를 찍게 돼서 광고에 삽입될 노래를 녹음하러 간 겁니다.

　─이야, 광고요? 다들 뭐 하고 계세요! 박수! 그런데 노래 실력이 대단하신가 본데요?

　─그 정도까지는 아니에요.

　─에이, 보통 실력이면 광고에 들어갈 노래를 부르라고 했겠어요? 어떤 노래인데요?

　─그러니까, 방송 날이 토요일이니까 다음 날 12시에 음원사이트에 올라올 겁니다.

　─헐! 음원으로까지? 올! 가수시네! 와, 집에만 누워 있는 줄 알았는데 이것저것 많이 하고 다니시네. 음원까지 낼 정도의 노래 실력이 궁금한데요?

　진행자는 노련한 진행으로 시청자들이 집중할 수 있도록 만들었다. 잠시 뒤, 화면 속 서승원이 노래를 부르기 시작했다. 확실히 잘 불렀다. 게다가 녹음을 맡고 있는 강유와 박재진으로 화면을 전환해 두 사람이 감탄하는 모습을 담았다. 시청자들은 그 모습을 통해 세뇌가 되듯 서승원이 잘 부른다고 느낄 것이었다.

그때, 경용이 한겸에게 조용하게 속삭였다.

"실제가 더 나은 거 같죠?"

한겸도 고개를 끄덕거렸다. 확실히 화면보다 실제가 더 낫다고 생각됐다. 중간중간 같은 장면을 몇 번이나 사용해서인지 몰입이 깨지는 기분이었다. 방송국 PD들이 생각이 없는 사람들은 아니었기에 아마 다른 방식으로 사용할 생각으로 저런 편집을 한 것 같았다.

"아마 인터넷에 풀버전 공개, 이런 거 해서 자기들 채널에 사람 유입하려고 그러겠죠."

"그런 건가요?"

"아마도요? 요즘은 지상파 방송국들도 Y튜브나 파이온TV, HT TV에서도 수익 창출하니까요."

"다행이네요. Anything is possible도 저렇게 나올까 봐 걱정했네요."

"저렇게 나오진 않을 거예요. 제가 PD들한테 의견 말할 때 다들 긍정적이었으니까 비슷하게는 나오겠죠? 게다가 최초 공개니까 잘해줄 거예요."

경용은 TV에 나오는 당사자인 서승원보다 더 긴장하고 있었다. 한겸은 가볍게 웃고는 마저 TV를 봤다. 서승원은 한참이나 노래를 불렀고, 강유와 박재진이 그에 대한 평가와 함께 고쳐야 할 부분을 지적했다. 잠시 뒤, 이제 DIO80 화이트의 노래가 나올 차례였다. 박재진이 부스 안에 들어가 있는 승원에게 말하는 모습으로 시작되었다.

―승원아, 이제 본게임 가보자! 하던 대로 편하게만 해.

승원이 웃으며 고개를 끄덕거리고 음악이 조금 흘러나올 때, 갑자기 화면이 바뀌었다. 그러자 사무실에 있던 사람들 모두가 고개 돌리는 소리가 들릴 정도로 빠르게 한겸을 쳐다봤다.

"겸쓰! 뭐야? 왜 여기서 끊겨!"
"맞아, 이게 가장 중요한데. 한겸아, 이거 문제 있는 거 아니야?"

한겸이 설명을 하려고 할 때, 승원이 먼저 입을 열었다.

"다들 모르고 계셨어요? 저 스튜디오 녹화할 때 대본 주시는 작가님이 말씀해 주셨는데."
"뭘요?"
"김 프로님이 자연스럽게 시청자들 끌고 갈 수 있게 알려주셨다고 들었어요."

다들 어이가 없다는 듯 한겸을 봤다. 한겸이 어깨를 으쓱거리며 웃기만 하고 있자, 승원이 다시 입을 열었다.

"작가님이 장면을 자연스럽게 연결할 수 있게 됐다고 그러시더라고요. 녹음실 다음이 어차피 광고촬영 장면이잖아요. 그 장면이 나온 다음에 노래를 공개하기로 했어요. 스튜디오 녹화할 때도 그렇게 얘기했는데. 아, 지금 나오네요."

진행자들도 궁금했는지 바뀐 화면을 보며 발까지 굴렀다.

─여기서 끊기 있습니까!
─하하, 왜 저한테 그러세요.
─와, 얼마나 좋은 노래를 불렀는지 궁금했는데. 어? 잠시만요. 여러분 제작진에게 들어온 소식입니다! 오! 서승원 씨의 신곡이 오늘 '나 혼자 삽니다' 끝날 때쯤 최초로 공개된답니다! 박수!

한겸은 만족스러운 듯 웃었다. 그 모습을 본 범찬이 한겸에게 말했다.

"우리한테 말도 없이! 저런 건 언제 말한 거냐?"
"촬영장 갔을 때 그냥 의견을 낸 건데 PD님이 받아주신 거 같아."
"그냥 받아줬겠냐? 또 막 혼자 시나리오 써서 네가 말한 대로 할 수밖에 없게 만들었겠지. 아무튼 말을 해줘야지! 깜짝 놀랐

않아."

서승원이 갑자기 동의한다는 듯 고개를 끄덕거리며 크게 웃었다.

"안 그래도 PD님들하고 작가님들이 범찬이가 말했던 대로라고 그러시던데요. 하하하."

"뭐라고 그랬는데요?"

"처음에는 모르는 사람이 갑자기 눈 반짝거리면서 자기 할 말해서 깜짝 놀랐대요. 그런데 얘기를 듣다 보니까 그림이 그려지더라고 그러더라고요. 그리고 무엇보다 김 프로님 표정 보면 무조건 그렇게 해야 될 것 같았대요. '이거보다 나은 거 없지? 있으면 내가 물러나고', 그런 표정으로 쳐다보셨다면서요."

"제가요?"

"PD님이 그렇게 말하더라고요. 그래서 범찬이가 말했던 사람이 딱 떠오르더래요."

"범찬이 넌 도대체 뭐라고 하고 다닌 거야."

"하하하, 뭐 나쁜 말은 아니에요. 그냥 자신감 하나로 산다고 그렇게 소개했었거든요. 안 될 거 같은 것도 일단 된다고 하고 진짜로 되게 만드는 사람이라고 얘기했어요."

한겸은 어이없다는 표정으로 범찬을 보자 범찬이 억울했는지 박재진과 서승원을 가리켰다.

"이 사람들이! 내가 말한 게 다 맞다고 신나서 얘기하던 사람들이! 재진 형님은 막 한겸이 표정까지 따라 하면서 '꼭 분트 모델로 만들어 드리겠습니다!' 라고 흉내 냈잖아요! 승원이 형도! 뭐? 나만 믿어? 한겸이가 그랬다고 그랬으면서!"

"뭐… 우리가 나쁘게 말한 건 아니었지. 안 그래?"

"맞습니다. 그냥 다 칭찬이었죠."

한겸은 헛웃음을 뱉었다. 얼마나 과장되게 얘기했을지 안 봐도 알 것 같았다. 그나마 방송에 나오지 않은 것이 다행이라고 생각했다. 그때, 수정이 피식 웃으며 말했다.

"종훈 오빠는 그냥 말하면 되는 걸 왜 나한테 속삭여요."

"아니, 그냥 혼잣말 한 거야."

"종훈 오빠가 한겸이가 하는 말은 일단 믿고 봐야 된다면서 틀린 말은 아닌 거 같다고 그랬어. 그러니까 조용하고 방송이나 보재."

다들 똑같은 생각이었는지 웃으며 한겸을 살폈다. 모두의 똑같은 눈빛을 본 한겸은 헛웃음을 뱉었다. 부담감까지는 아니었지만, 많은 생각이 들었다. 만약 광고에서 색이 보이지 않았어도 저런 눈빛을 받았을까, 라는 생각이 들었다.

그때, 서승원이 조용히 입을 열었다.

"지금 저 스키 타는 거 나오고 있는데요……."

　　　　　*　　　　　　　*　　　　　　*

　새벽 1시가 가까워지자 슬슬 방송이 끝날 기미가 보였다. 이제 마지막 부분 확인만 남은 상태였다..

　─제가 올해 들어 가장 놀란 날인 거 같아요.
　─전 오늘 자괴감이 좀 드네요. 저랑 비슷한 줄 알았는데 도대체 못하는 게 없어! 요리면 요리, 노래면 노래, 운동이면 운동! 거기다 얼굴도 잘생겼지! 이거, 너무 불공평한 거 아닙니까?
　─승원 회원님은 다음에 또 나와주실 거죠?

　우범이 제작진과의 미팅에서 서승원의 캐릭터를 제대로 인지시켰는지, 모두가 만능이라는 이미지를 수시로 어필하고 있었다.

　─그럼 다음 주에 만나요! 참! 서승원 회원님의 신곡이 공개됩니다!

　진행자들은 마지막까지 승원의 노래를 홍보했다. 그리고 잠시 뒤, 'Anything is possible'이 나오기 시작했다. 화면에는 예전에 촬영했던 장면과 부스에서 노래 불렀던 모습을 교차편집 한 상태였다. 부스에서는 서승원의 표정을 담았고, 예전에 촬영했던 스키 장면에서는 배경을 담은 느낌이었다. 영상미는 좋았지만 한겸이 PD에게 말했던 것은 오로지 스키장뿐이었다. 한겸은 이마를 한 번 긁적이고는 그 어느 때보다 집중해서 방송을 쳐다봤다.

"승원아! 멋진데?"
"승원 씨, 편집한 거 보면 공 좀 들였나 본데요?"
"승원 씨 축하합니다!"

아직 방송이 나오고 있음에도 박재진과 강유, 경용은 물론이고 신입 기획 팀원들까지 모두가 승원에게 축하 인사를 건넸다. 그런데 이상하게도 한겸을 포함한 오너 3인방은 한겸과 마찬가지로 화면을 뚫어져라 쳐다봤다. 그러자 박재진이 웃으며 말했다.

"방송 이제 끝나 가는데 뭐 하고 있는……."

박재진이 말을 끝내기도 전에 네 사람이 동시에 검지를 입에 가져다 댔다.

"이제 광고 나올 차례예요."

그러자 신입 팀원들도 이유를 알았는지 자신들의 실수를 깨닫고 TV를 쳐다봤다. 그때, 종훈이 갑자기 한겸을 쳐다보더니 조용하게 말했다.

"뮤비 스키장 장면에서 끝나면 대박이겠다."

"종훈 오빠, 그게 무슨 말이에요?"

"스키장 장면 다음에 곧바로 우리 광고 이어지면 자연스럽게 연결되잖아. TV 광고에서 화이트가 짧기는 해도 어쨌든 같은 스키장 장면이니까 이질감 없이 연결될 거 같아서. 그러면 다른 컬러들까지 유심히 보지 않을까 하는 생각이야."

한겸은 종훈의 말이 맞는다는 듯 손가락을 모아 동그라미를 그렸다. 다만 방송국에서 편집을 어떻게 했느냐가 문제였다. 잠시 뒤, 노래 소리가 줄어들면서 프로그램이 끝났다. 그와 동시에 한겸은 주먹을 불끈 쥐었다. 그 모습을 보던 박재진과 일행은 대단하다는 듯 박수를 보냈다.

"스키장 화면으로 끝나자마자 스키장에서 나오니까 방송 안 끝난 거 같다. 자연스럽게 광고 노출이네? 크크크, 범찬이 말처럼 꼼수 대마왕이네."

*   *   *

DIO의 부사장이자 이번 DIO80을 책임지는 본부장 역할까지 하던 이재윤은 늦은 시간까지 TV를 보는 중이었다. 평소라면 쇼케이스 당일이었기에 회식을 했을 테지만, 오늘은 방송을 보기 위해 회식을 미룬 상태였다. 당분간은 주말도 없는 상태였다. 마케팅 팀원들은 물론이고 DIO80 대부분의 직원들이 방송을 보고 있을 것이었다.

평소에는 잘 보지도 않는 프로그램이었지만 오늘은 꼭 봐야 했다. 보다 보니 프로그램은 생각보다 재미있었다. DIO에 관한 언급은 없었지만 대신 광고촬영에 관한 얘기가 계속 나왔다. MC 사업 본부 마케팅 팀의 단체 대화방에서도 그에 대한 얘기가 계속 나왔다. 재윤은 직원들이 어려워할 수 있으니 메시지를 보내진 않고 그저 읽고만 있었다. 직원들도 자신이 있다는 것을 알고 있지만, 대화를 한 적이 없어서 그런지 자신이 대화방에 있는 것을 개의치 않아 하는 것 같았다.

[박재진까지 나와서 도와주네.]

[서승원 모델로 쓴다고 할 때 의아했는데 저희 DIO80하고 정말 잘 맞는 거 같습니다.]

[맞아요. 요리도 잘하고, 노래도 잘하고, 운동도 잘하고. DIO80도 음질이면 음질, 화질이면 화질, 용량이면 용량. 어디에 빠지는 게 하나도 없잖아요.]

[그렇지. 그러니까 Anything is possible이라고 했잖아.]

[키오 때문에 걱정했는데 전화위복이네요.]

재윤은 얼굴에 미소를 띤 채 고개를 끄덕거렸다. DIO80 출시 전 생긴 일들이 많다 보니 걱정을 안 하려야 안 할 수가 없었다. 거기에다 TX와의 이면계약이 노출되어 기업 이미지가 상당히 안 좋은 상태에서 본부장을 맡게 되었다.

DIO80에 결함이 있거나 다른 회사의 휴대폰에 비해 품질이 나빴다면 DIO80이 실패한다 하더라도 억울한 마음은 들지 않았을 것이다. 하지만 이번 DIO80은 동양전자의 스페이스를 잡기 위해 모든 기술력을 쏟아부은 상태였고, 가격 책정도 파격적이었다. 그런데 잘못된 마케팅으로 인해 모든 것이 날아갈 뻔했다.

일부에서는 출시를 연기하자는 의견도 있었지만, 그럴 수는 없었다. 스페이스가 최신 제품을 내놓은 지 얼마 되지 않았기에 DIO도 최대한 빨리 공개를 해야 했다. 그렇지 않으면 스페이스 11과 DIO70이 비교가 될 것이었다. 그동안 스페이스에서 새로운 제품이 나올 수도 있었다. DIO 역시 DIO90 개발을 하고 있는 중이었기에 DIO80과 DIO90의 텀이 너무 짧아지는 문제 또한 있었다. 만약 그렇게 된다면 DIO80을 구매한 소비자들에게 뭇매를 맞을 것이었다. 지금 당장 충성고객이 필요한 만큼, 고객과의 신뢰가 가장 중요하다는 판단으로 DIO80을 그대로 진행시켰다. 그만큼 중요한 일을 C AD에 맡긴 것이었다.

[강 부장님 말씀대로 C AD 진짜 대박인 거 같습니다. 보통 광고대행사 하면 광고 만들고 게재하고 이벤트 하고 그런 게 대부분인데, C AD는 PPL도 아니고 아예 프로그램 하나가 저희를 위해서 만들어진 것 같은 기분인데요.]

[그렇지. 그렇다고 PPL처럼 위화감이 드는 것도 아니고.]

[진짜 기대 이상입니다. 서승원을 모델로 하겠다고 할 때는 조금 걱정했는데 뭐 대박이네요.]

C AD를 광고대행사로 선정할 때 이 정도까지 기대한 것은 아니었다. C AD가 아닌 다른 곳에 맡겼어도 크게 기대는 없었겠지만, 그나마 동양기획을 제외한 광고대행사 중 가장 능력이 좋은 회사가 C AD였기에 일을 맡긴 것이었다. 다만 주어진 시간이 문제였다. 그러니 최소한 DIO70과 비슷하게만 유지되어도 선방했다고 생각했을 터였다. 그런데 김한겸이라는 AE를 만난 당시부터 C AD에서 보내오는 기획안들을 볼 때마다 점점 생각이 바뀌었다. 잘하면 DIO 시리즈 중 가장 성공한 시리즈가 되지 않을까 하는 생각마저 들었다.

특히 화이트 광고에 사용된 'Anything is possible'이라는 카피가 굉장히 마음에 들었다. DIO의 특성상 다른 회사들을 따라잡기 위해 많은 기능이 들어가 있었다. 젊은 층을 겨냥한 제품이다 보니 기능이 많을수록 젊은 층에게 어필할 수 있었다. C AD는 그 부분에 어울리는 모델을 선정하더니 하나의 영상과 한 단어로 녹여 버렸다. 그 어느 카피보다 가장 마음에 드는 카피였다. 아마 다음 시리즈부터는 본격적으로 사용하게 될 것 같았다.

어느덧 프로그램이 끝나고 Anything is possible이 나오기 시작했다. 노래는 좋은 것 같긴 했지만, 자신이 판단할 영역이 아니었다. 그래도 노래와 배경이 조화가 잘 된다는 느낌은 받았다. 그런데 자세히 보니 이번 광고에 사용된 영상이 아니었다.

"왜? 엉뚱한 영상이지?"

화면에 계속 스키장이 나오고 있어 당연히 DIO80 광고인 줄 알았던 재윤은 대화방에 질문을 할까 말까 잠시 고민했다. 그때, 다른 직원도 같은 생각을 하고 있었는지 궁금해하는 내용을 물었다.

[저거 우리 광고 영상 아닌데. 잘못 나온 거 아니에요?]
[오 과장! 제대로 안 봤지? 아까 예전에 찍었던 장면이라고 그랬잖아.]
[아! 기억납니다!]
[여기에서 뭐가 빵 터질지 모르니까 다들 똑바로 보라고.]

재윤은 괜히 헛기침을 하고는 TV로 고개를 돌렸다. 그때, TV에 갑자기 DIO80의 광고가 나오기 시작했다. 화이트는 언제 지나갔는지 안개꽃 장면이 나오고 있었다.

[다들 봤어? 나만 본 거 아니지?]
[와. C AD 미쳤네. MBS에 뭘 어떻게 하면 이렇게 해주는 건데?]
[진짜 1초 정도 잠깐 화면 검게 안 됐으면 '나 혼자 삽니다' 계속하고 있는 줄 알았을 거 같아요. 진짜 자연스럽게 넘어가네요.]

재윤은 그제야 이해를 했다. 프로그램과 광고를 하나처럼 보이게 연결해 놓은 것이었다.

"참, 기가 막히네."

재윤은 미팅 당시 한겸의 모습을 떠올리며 환하게 웃었다.

$$* \qquad * \qquad *$$

TX의 총괄 기획 팀장 우병찬 역시 방송을 확인 중이었다. 이미 제작을 완성했고, C AD에서 최종본 선택까지 했다. 이제 방송에 나오기만 하면 됐기에 TX가 할 일은 끝이었다. 그저 궁금했다. 톱니바퀴처럼 맞물려 흘러가게 만든 기획이 어떻게 사람들에게 인식이 되는지 확인하고 싶었다.

"당신이 어쩐 일로 이 시간까지 TV를 봐? 당신 내일 회사 안 나가?"

"일요일이잖아."

"일요일에도 나갔었잖아."

"당분간은 안 나가. 지금은 우리가 제작한 광고 나올 거라서 보는 거야."

"그래? 그런데 자기네 회사 이제 괜찮아? DIO하고 잘 풀린 거야?"

"풀고 그럴 게 뭐가 있어. 일하다 보면 이럴 수도 있고 저럴 수도 있는 거지."

"맨날 밤새거나 새벽에 오거나 그러니까 궁금해서 물어본 거지. 당신은 집에 오면 회사 얘기를 아예 안 하잖아. 난 얼마나 걱정되겠어."

"뭐가 걱정돼. 걱정할 일도 많네."

"뉴스에서 DIO하고 자기네 회사하고 나쁜 짓 했다고 떠들었는데 걱정이 안 돼? 거기다가 두림 본사에서 잘 있던 사람이 문제되는 회사로 발령됐는데 당연히 걱정되지."

"잘 풀리고 있어."

아내는 오랜만에 얼굴을 맞대고 있어서인지 그동안 궁금했던 것들을 쏟아냈다. 우병찬도 아내의 마음이 이해되었지만 딱히 설명할 것이 없었다. DIO와는 완전히 작별한 상태였다. 그렇다고 회사가 망해가는 것은 아니었다. 오히려 전보다 활기찬 느낌이었다. 하지만 예전의 명성을 찾으려면 시간이 많이 필요한 상태였다. 전체적인 분위기는 나아졌지만, 거래처는 전보다 못한 이상한 상태기에 좋다고 해야 할지 아니라고 해야 할지 애매했다.

"그냥 잘될 거야. 그나저나 저 사람 알아?"

"서승원?"

"알아? 좋아하는 배우야?"

"그건 아니고. 저번에도 나왔는데 또 나와서 알지. 그때는 드럽게 재미없더만."

"오늘은 조금 다를 거야. 한번 봐."

"알았어. 맥주 가져다줄까?"

아내는 모처럼 같이 있는 게 좋은 모양이었다. 우병찬은 분위기를 맞춰줄 생각으로 고개를 끄덕거렸다. 그러자 아내가 간단한 안주와 함께 맥주를 가져왔고, 함께 TV를 보기 시작했다. 잠시 뒤, 병찬은 기가 막힌다는 표정으로 아내를 봤다.

"어머, 도대체 못하는 게 뭐야. 하루 종일 누워 있기만 하면서 저런 건 언제 다 배운 거야."

아내는 방송이 나오는 내내 입을 멈추지 않았다. 새로운 장면이 나올 때마다 감탄을 하며 그에 대한 감상 평을 쏟아냈다. 분명히 조금 전까지만 하더라도 서승원에 별 관심이 없었는데 지금은 180도 달라져 있었다.

"스키는 또 어쩜 저렇게 잘 타. 진짜 못하는 게 없구나. 배우라서 그런가?"
"아까는 별로라며."
"신기하잖아. 하는 거마다 다 잘하잖아. 심지어는 성대모사까지 잘하고. 또 뭐 잘하는지 궁금해지네."

우병찬은 헛웃음을 뱉고는 마저 TV를 봤다. 잠시 뒤, 프로그램이 끝나자 DIO80의 첫 광고가 나왔다.

'배치가 예술이네. 이런 식으로 배치해서 관심 끌 수도 있네.'

자신의 손으로 완성을 한 상태였기에 광고 내용은 알고 있었다. 대부분 TX에서 만들었지만, 결국엔 TX에서 생각하지 못한 기획대로 만든 광고였다. 게다가 처음 보는 광고 배치를 보자 감탄할 수밖에 없었다. 그러던 중 문득 궁금한 것이 생겼다. 병찬은 급하게 아내를 쳐다보며 물었다.

"당신은 어떤 색으로 사고 싶어?"
"휴대폰? 왜, 사주게?"
"아니, 산다면 어떤 컬러로 살 건지 궁금해서."
"당연히 하얀색 사지."
"당신 평소에 하얀색 사면 때 탄다고 싫어했잖아."
"그냥 하얀색이 끌리는데? 다른 거에 비해 하얀색이 예쁘게 나온 거 같아. 다른 건 눈에 잘 안 들어오는데? 정말 사주려고 물어보는 거야?"

기대하진 않았지만 혹시나 해서 물어봤는데 예상과 같은 대답을 듣자 씁쓸했다. 하지만 그것도 잠시, C AD가 모든 광고에 참여했다면 어떤 광고가 나왔을지 궁금한 마음도 생겼다. 아마 지금보다 훨씬 좋은 결과물을 내놓았을 것이었다. 부럽기도 했지만, 언젠가는 저 광고보다 더 좋은 기획을 짜보고 싶다는 호승심도 생겼다. 그때, 새벽 시간임에도 휴대폰에 메시지가 도착했다.

[우 팀장님, 광고 정말 잘 나왔습니다. 이번에는 아쉽게 됐지만, 다음에 좋은 기회가 있으리라 생각합니다. 그때, 저희 하늘 프로덕션도 TX에 도움이 될 수 있도록 최선을 다하겠습니다.]

그 외에도 다른 외주 업체들에게서 동시에 문자가 도착했다. 병찬이 자신도 모르게 웃고 있었는지 아내가 의아해하는 표정으로 물었다.

"뭐야, 이 밤중에 문자 보고 웃는 게 수상한데?"
"무슨 소리를 하는 거야. 거래처분들한테 온 연락이야."
"뭔데 그렇게 실실 웃어."
"자, 봐라, 봐. 그냥 열심히 하자는 거야. 우리도 저런 광고 만들 수 있도록."
"이 시간까지 열정이 대단들 하시네. 그나저나 나 진짜 휴대폰 바꿔야 되는데 바꿔줄 거야?"
"바꿔야 되면 바꿔야지. DIO80으로 사. 이번에 제대로 나왔으니까."
"진짜? 최신 폰으로 사도 돼?"
"사. 대신 화이트 말고 다른 걸로 사."
"왜! 기왕 살 거면 예쁜 걸로 살래."
"그럼 사지 마."

화이트 판매량이 다른 컬러를 압도할 것이 눈에 보였기에 조금이라도 다른 컬러 판매량을 올리고 싶었다.

*　　　　*　　　　*

다음 날, 서승원은 인상을 찡그리며 일어났다. 음원이 올라오는 시간에 알람을 맞춰놓고 잠들었는데 알람 소리를 듣지도 못했다. 전화가 하도 오는 통에 알람이 필요가 없었다. 하지만 전날 본의 아니게 자신의 축하 파티처럼 되어버려 술을 머리 꼭대기까지 마셨기에 어떤 전화도 받지 못했다. 속이 쓰려 가슴을 쓰다듬으며 휴대폰을 확인하자 모르는 번호를 시작으로 친구들과 누나까지 연락을 한 상태였다.

"이 번호들은 뭐야. 아오, 속 아퍼."

승원이 일단 물부터 마시고 정신을 차린 뒤 연락을 하려 할 때, 마침 부모님으로부터 전화가 왔다.

"엄마!"
―그래! 방송 잘 봤다! 아들, 참 장해! 이번엔 아빠도 네 칭찬 엄청 하셨어.
"뭘 그 정도로 그래. 이번에 좋은 분들 만나서 잘 나온 거야."
―방송 말고. Y튜브에 너 올라온 거 아빠가 보시더니 잘 가르쳤다고 정말 좋아하시더라. 오늘 가게 오는 손님들도 자식 잘 키

웠다고 칭찬하더라고. 서울 갔다고 혼자만 즐기면서 사는 줄 알
았는데 남도 도울 줄 알고 장해. 몇 년이나 됐다며?

"어? 엄마 Y튜브도 안 보면서 그건 어떻게 아셨대?"

—어떻게 알기는. 오늘 아침부터 사람들한테 전화 계속 오더
라. 인터넷 기사에 다 네 얘기라고. 그래서 봤지. 아빠가 오늘 일
없으면 잠깐 들르라네.

승원은 부모님의 칭찬이 민망한 한편, 얼마나 많은 기사가 나
왔길래 부모님까지 알고 있는 것인지 궁금해졌다.

*   *   *

일요일임에도 한겸은 회사로 출근했다. 언제 와 있었는지 모두
가 출근한 상태였다. 평소보다 출근 시간을 늦추긴 했지만 일요
일에 출근하는 것이 달갑지 않았을 텐데, 다들 표정이 좋아 보였
다.

"일찍들 나왔네. 속은 괜찮아? 다들 괜찮으세요?"

"겸쓰 왔냐. 와, 죽겠다. 적당히 마셨어야 했는데."

"표정은 좋아 보이는데?"

"맞다. 여기 CCTV 있냐?"

"복도에만 있지. 왜?"

"대표님이 어제 우리 술 마신 거 어떻게 알았지? 갑자기 해장국
배달 오더라고. 그래서 물어봤더니 대표님이 배달시켜 준 거래."

"다 모였으니까 술 마셨다고 생각하셨겠지."

"그래도 그거 먹었더니 조금 낫네. 너도 먹어. 조금 식었으면 데워 먹고."

"이따 먹을게."

한겸은 웃으며 고개를 끄덕이고는 곧장 자리에 앉았다. 그러자 수정이 의자를 끌고 한겸의 앞으로 다가왔다.

"이렇게 될 줄 알았어?"

"뭐가?"

"왜 또 시치미야. 봉사활동 말이야."

"아. 그거."

한겸은 피식 웃었다. 수정이 어떤 얘기를 하는지 이미 기사를 통해 접한 상태였다.

"그때는 그냥 대중들한테 서승원 씨 호감도만 올리려고 그랬던 거야."

"그래? 아무튼 그게 진짜 큰 역할 했어. 사람들이 어제 방송 보고 서승원 씨가 궁금했나 보더라고. 노래도 궁금해했고. 지금은 내려갔지만 어제 새벽 내내 실검에서 Anything is possible 있었어."

"그럼 시청률 잘 나왔겠네."

"시청률은 크게 변한 거 없어. 그런데 클립 등 조회수가 기존

편에 비해 말도 안 되게 높아."

방송을 본 시청자들은 서승원에 대해 더 알고 싶어 하며 검색 사이트나 동영상 사이트에 그를 검색했다. 그러다 보니 서승원이 계속 검색어에 노출되었다. 방송을 보지 못한 사람들도 이유를 궁금해하며 또 서승원을 찾으니 한동안 그 이름이 실시간 검색어 순위에서 내려오지 않았다.

하지만 어제 방송은 파이온 TV에서밖에 공개가 되지 않은 상태였다. 아직 Y튜브에 업로드를 하지 않아서 Y튜브에 서승원을 검색하면 아주 오래전 뮤지컬 영상과 박재진의 채널에 올라간 영상밖에 뜨지 않았다. 덕분에 박재진 채널의 구독자 수가 늘었고, 서승원이 나온 영상의 조회수는 폭발적으로 늘어났다. 서승원이 남모르게 봉사를 하고 있다는 내용이 동영상에 담겨 있다 보니 당연히 서승원의 이미지 또한 올라갈 수밖에 없었다.

"아직 Y튜브에는 어제 방송 안 올라왔지?"

"어. 원래대로라면 월요일이나 올라왔을 건데 제작진도 심상치 않은 걸 느꼈는지 부랴부랴 하나씩 업로드하고 있어."

한겸은 웃으며 MBS 채널에 들어갔다. 통합 채널이었기에 수많은 프로그램의 영상이 있었다. 심지어는 몇 년 전에 인기 있던 프로그램의 영상까지 올려 수익을 만들고 있었다. '나 혼자 삽니다' 제작진도 심상치 않은 기류를 느꼈는지 서둘러서 영상을 하나둘씩 올리고 있었다. MBS 채널의 메인에는 서승원의 영상이 올라와 있었다.

['나 혼자 삽니다' 미공개 영상 ― '나 혼자 탑니다'.]

한겸은 웃으며 영상을 봤다. 그러자 광고가 나오기 시작했다. 인터넷이다 보니 네 가지 컬러를 합친 광고가 아닌 DIO80 퍼펙트 화이트였다. 풍부한 예산 덕분에 플랜 팀에서 공격적으로 게재를 하고 있었지만 여기까지 의도한 것은 아닐 것이었다. 광고가 끝나자 서승원이 스키 타는 모습이 나왔다.

"잘 나왔네."

한겸이 만족스러운 미소를 지을 때, 갑자기 전화가 울렸다. 번호를 확인하니 라온 엔터의 이종락이었다.

"네, 이 부장님."
―김 프로님! 아오! 이게 어떻게 된 일이에요!
"네? 갑자기 그게 무슨 일이에요?"
―지금 회사로 계속 연락 와서 미치겠어요.
"아, 재진 형님 Y튜브 영상 본 사람 많아졌죠?"
―그 문제가 아니지만, 그거 때문에 참고 있는 거죠! 오늘 아침부터 어찌나 전화가 오는지! 죄다 저희한테 서승원 연락처 묻고 있어요. 왜 그걸 우리한테 물어봐. 제가 C AD에 넘기려

다가 오늘 일요일이라 출근 안 하셨을 거 같아서 꾹 참았습니다!

"그렇게 연락이 많아요?"

─많은 정도가 아니에요. 우리가 받은 것만 해도 예능만 10개 넘고 또 CF 미팅 하고 싶다는 것도 있고요.

한겸은 놀라운 소식에 혀를 살짝 내밀었다.

"와, 하루도 안 됐는데 엄청 많네요."

─어제 방송 봤는데 달달하더만요. 그러니까 남들보다 먼저 꿀 빨려고 그러는 거겠죠. 뭐 요리도 잘해, 운동도 잘해, 노래도 잘하는데 거기다 잘생겼지. 요즘 예능들이 전부 먹는 거 아니면 노래 부르는 거, 운동, 이런 게 대부분이잖아요. 그냥 딱 맞아떨어지니까 섭외하고 싶은 거죠.

"그래서 알려 드렸어요?"

─알려줘도 되나 허락받으려고 연락했는데 뭐 하는지 받지도 않아요. 그래서 고민하다가 알고 있는데 모른다고 그러기도 그래서 알려주긴 했죠. 사람들이 진짜 그걸 왜 우리한테 물어보는지 어휴! 다짜고짜 전화해서 재진이 형하고 친한 거 같은데 알지 않냐고 그러더라니까요. '나 혼자 삽니다'에 물어보든가!

한겸은 잠시 고민이 되었다. 어느 정도 이슈 몰이를 해주면 좋겠다고 생각은 했지만, 이렇게 한꺼번에 많은 방송에 나온다면 그만큼 이미지가 빨리 소모될 것이었다. 게다가 어울리지 않는 예능에 나와서 잘 못하는 모습을 보인다면 Anything is pssible 카피와도 이질감이 생길 수 있었다. 한겸이 자신도 모르게 심각하게 생각할 때, 종락이 입을 열었다.

—그래도 덕분에 저희 채널 구독자 수 1,200만 명 넘었습니다. 우리나라 사람들도 있긴 있었지만 대부분 대만하고 스페인 사람들이었는데 이번에 한국 구독자가 엄청나게 늘었어요. 어제만 19만 명이 늘었습니다. 그래서 감사하다는 말도 할 겸 하소연 좀 하려고 연락드린 겁니다.

"나중에 연락되면 꼭 전화받으라고 말할게요."

—진짜 연예인이 전화는 왜 안 받는 건지. 우리 소속이기나 해야 애들 보내서 확인이라도 할 텐데.

그 말을 들은 한겸의 눈썹이 위아래로 요동쳤다.

"계약하세요."

—뭘요? 서승원 씨요?

"배우이기는 해도 이제 음원도 나오니까 가수도 되잖아요."

—그렇긴 한데… 그래도 배우가 우선이라서 좀 그런데요. 우리 아티스트들이 전부 가수들이라서요.

"요즘은 드라마 음원도 무시 못 하잖아요. 자기가 출연하고 자기가 OST 부르고. 괜찮지 않아요?"

—그렇긴 한데… 음, 지금까지 소속사 없이 한 거 보면 이유가

있을 텐데 대뜸 하자고 한다고 할까요?

"라온이라면 하지 않을까요? 대신 지금 생기고 있는 이미지가 빨리 소진되지 않도록 라온에서 서승원 씨에게 맞는 프로그램을 선별하거나, 아니면 만능 이미지를 이어나갈 수 있도록 교육을 시킬 수도 있고요."

—교육이라… 아! 재진이 형처럼요?

"네! 재진 형님도 분마 촬영할 때 연기도 배우고 외국어도 배우고 그랬잖아요. 스페인 분마 미팅 때도 라온에서 의상 준비하셨던 걸로 알고 있거든요."

—음, 그렇긴 하죠. 일단 긍정적으로 검토는 해볼게요. 그나저나 오늘 출근하셨어요?

"네."

—아오, 그럼 진즉에 C AD로 넘겨줄걸!

이종락은 굉장히 억울해하며 전화를 끊었다. 한겸은 미안하기도 했지만, 한편으로는 서승원이 전화를 받지 않은 걸 다행이라고 생각하며 휴대폰을 내려놓았다. 그러자 이번에는 대화를 듣던 범찬이 의자를 끌고 왔다.

"승원이 형 라온으로 간대?"

"몰라. 라온에 갔으면 해서 말해본 거야."

"하긴 엄청 바빠질 텐데 소속사 있는 게 나으니까. 그중에서도 라온이면 관리를 잘해주니까 괜찮지."

"그런데 왜? 그 말 하려고?"

"아니, 음원 올라왔다고."

"반응은?"

"순위 집계는 아직 안 되지. 그래도 댓글 보면 반응은 괜찮은 듯. HT가 유통하면서 힘 좀 썼나 보더라. 1위 위에 추천곡 뜨는 거 알지? 거기에 떠 있어."

한겸은 고개를 끄덕이고는 음원사이트에 접속했다. 정말 HT에서 힘을 썼는지 추천곡에 'Anything is possible'이 자리했다. 클릭해서 들어가자 평점은 4.1점대로 무난했다. 다만 방금 올라왔음에도 댓글이 엄청나게 달려 있었다.

―노래 진짜 잘하네요. 듣기 좋아서 열스 하는 중!

―와 ㄷㄷ 나혼삽에서 보고 언제 나오나 기다렸는데 기다린 보람 있음!

―서승원 배우분 노래 좋네요. 다즐링 노래도 좋은데 한 번씩 들어보세요.

다른 가수의 팬들까지 댓글을 남겼다. 물론 안 좋은 댓글도 상당했지만 짧은 시간에 이렇게나 많은 댓글이 달린 걸 보아 조만간 순위권에 진입할 것 같았다.

"승원이 형도 재진이 형처럼 슈퍼스타 되는 거 아니냐?"

"되면 좋지. 그럼 DIO 판매량도 늘어날 거 아니야. 참, DIO에서 어제 판매량 결과 나왔어?"

"그거 나도 모르는데? 아까 종훈이 형이 연락하더만."

그러자 종훈이 고개만 돌리며 말했다.

"연락 준다고 했는데 아직이네."
"각 매장에서 판매되는 수량 본사에서 집계될 텐데 왜 아직 결과 안 보내는 거지. 매일 비교해야지 어떤 시간대에 매출 얼마나 늘었는지 분석할 텐데."
"연락해 볼까?"
"아니에요. 제가 해볼게요."

한겸은 곧바로 저번에 미팅을 했던 DIO 관계자에게 연락을 했고, 곧바로 연결되었다.

─네, 김 프로님.
"어제 판매량 분석하려고 연락드렸는데요."
─아, 그거요. 그게 조금 힘들 거 같은데요. 월요일부터 보내 드리면 안 되겠습니까?
"일요일이라서 그런 거예요?"

한겸은 의아했다. 출시일이 토요일이었기에 일요일이라고 하더라도 비상근무를 하고 있을 줄 알았다.

─그런 거 아닙니다. 전부 화이트 때문에 계속 변동이 생깁니다.

"그게 무슨 말이에요?"

─사전 예약 했던 고객들이 전부 화이트로 변경을 하고 싶어 해서요. 그거 때문에 저희도 지금 비상입니다. 한두 명이면 안 된다고 선을 그을 텐데 대부분의 고객들이 화이트로 변경하겠다고 그래서요.

"아……."

─저희가 사전 예약 할 때 문제가 좀 있었잖아요. 그래서 사전 예약 했던 고객들이 요구하는 걸 들어줘야 할 거 같거든요.

"80% 할인 아니었어요? 그것만 해도 엄청 큰 거 같은데 색상 변경도 가능해요?"

─사실 큰 문제는 아닌데 조금 귀찮죠. 각 대리점에서 보유하고 있는 물량에서 화이트만 빠지게 되니까 그걸 채워야 된다는 게 문젭니다. 그동안은 화이트를 구매하고 싶어도 물량이 채워질 때까지 기다려야 되니까요.

"아, 사전 예약 고객이냐 일반 고객이냐가 문제네요."

─사전 예약한 고객들 중에 얼리어댑터들도 있지만 크리에이터들도 상당하거든요. 누구보다 빠르게 리뷰하려는데 혹시나 안 좋은 말 나오면 좀 그렇잖아요. 이번에 광고로 화이트에 관심을 보이고 있는데 고객 응대를 잘 못해서 관심을 돌려 버리면 안 되니까요. 그래서 변경을 해주기로 했어요.

"아, 그럼 일반 고객들은 화이트 사려면 기다려야겠네요."

─그것도 오늘이 일요일이라서 그렇지 내일이면 해결될 거 같아요. 재고는 있지만 배송이 문제였는데 부사장님이 직접 저희

두립 유통에 요청하셨거든요. 유통에서 업무 때문에 안 된다는 거 우리 DIO는 'Anything is possible' 이라면서 막 우기셨다네요. 그래서 내일 새벽부터 전국에 들어갈 거예요. 아무튼 변동량이 좀 심해서 자료는 내일부터 드릴게요.

한겸은 자신이 만든 광고로 인해 제품이 빛을 보는 상황이 기쁘기도 했지만, 아쉽기도 했다. 나머지 세 광고도 차라리 다시 만들었다면 어땠을까 하는 생각도 들었다.

*　　　　*　　　　*

며칠 뒤. 음원사이트에 올라온 'Anything is possible'의 순위가 5위에 자리를 잡았다. 아직 1등을 하진 못했지만 내로라하는 아이돌 사이에서 자리를 잡고 있었다. 게다가 인터넷에 올라간 화이트의 광고 반응이 상당히 좋았다. 특히 서승원이 입꼬리를 올리고 웃는 장면이 엄청난 인기를 끌고 있었다. 지금도 그것 때문에 한겸은 우범과 함께 DIO의 관계자들과 미팅 중이었다.

"화이트 판매량이 다른 컬러 합친 거보다 훨씬 높습니다."
"전체적인 판매량은요? DIO70 때보다 늘었어요?"
"그건 조금 더 지켜봐야 합니다. 그래도 같은 기간 내에 판매량은 1.5배 정도 늘어난 상태입니다. 스트리머들이 올리는 리뷰도 굉장히 좋아서요."

사전 예약을 했던 스트리머들이 DIO80의 리뷰 영상을 쏟아 내기 시작했다. 대부분 DIO80의 제원에 놀라워하며 각종 기능을 소개했다. 플립 폰의 약점인 접히는 부분에 대한 내구성도 뛰어난데 디자인까지 괜찮다며 이번 DIO80을 구매해도 후회 없을 거라고 설명했다.

 거기에다 다른 휴대폰과 비교하면서, 시중에 판매되고 있는 휴대폰의 모든 기능들이 들어가 있는 것 같다며 안 되는 게 없는 폰이라고 소개했다. 그와 동시에 한겸이 짠 카피인 'Anything is possible'을 소개했다. 다른 컬러 광고에는 그 카피를 사용하지 않았기에 자연스럽게 화이트 광고가 노출되었다. 덕분에 사람들에게 화이트 광고는 계속 노출되고 있었다.

 그래서인지 스트리머들은 색상 부분도 전체적으로 괜찮지만, 하나를 고르라고 한다면 주저하지 않고 화이트를 고르겠다고 했다.

 "사실 저희 예상으론 다른 시리즈 때와 마찬가지로 이번에도 블랙 색상이 가장 많이 팔릴 줄 알았는데 화이트가 가장 많이 팔리고 있습니다. 그래서 다들 광고효과가 이 정도라며 놀라워하고 있고요. 광고 임팩트가 워낙 강해서 DIO80 하면 화이트라는 공식이 생길 정도입니다. 다시 한번 감사드립니다."

 "아니에요. 저희는 일한 건데요."

 "그리고 저희가 DIO80 광고를 좀 더 의뢰했으면 해서요."

한겸은 고개를 갸웃거리며 우범을 봤다. 그러자 우범이 DIO 관계자를 보며 물었다.

"혹시 다른 컬러도 화이트처럼 재제작하시려는 겁니까?"
"아! 그건 아닙니다. 그게 아니라 대리점들이 요청을 해서요."

한겸은 다행이라며 가슴을 쓸어내렸다. 마음 같아서는 재제작을 하고 싶었지만, 그건 욕심이었다. 화이트와 같은 광고를 만들려면 시간이 필요했는데 지금은 DIO80을 이미 판매하고 있는 상태였다. 판매 기간이 1년 정도 되면 모를까, 새로운 휴대폰들이 쏟아져 나올 것이었기에 DIO도 그에 맞춰 새로운 걸 준비하는 게 나아 보였다. 한겸은 대리점들이 어떤 요청을 했을지 생각했다.

"어떤 요청이요?"
"화이트 광고에서 서승원 씨가 웃으면서 'Anything is possible' 이라고 하는 장면 있잖아요."
"네."
"그걸 인쇄 광고물로 제작해서 대리점 창에 붙이고 싶어 합니다."
"음, 휴대폰 대리점 하면 HT 같은 대리점 말씀하시는 거죠? 그런데 거기서는 동양 스페이스도 팔고 모든 휴대폰 파는 거 아니에요?"
"맞습니다. 저희 두립 전자 매장에서의 요청입니다. 그리고 제작하는 김에 대리점들에게도 배포할 예정입니다. 그런데 저희가 계약서를 살펴보니까 그때는 시간에 쫓겨서 영상광고에 한해서만 계약되어 있더라고요. 그래서 이렇게 찾아뵀습니다."

어려운 일도 아니었다. 이미 영상이 완성되어 있는 상태였기에 재촬영을 할 필요도 없었다. 한겸이 우범을 보며 고개를 끄덕거리자 우범이 본격적으로 계약에 대해 얘기했다.

잠시 뒤, DIO 측에서 이미 준비를 하고 온 상태인 데다가 C AD에서도 DIO의 광고를 진행 중이었기에 큰 이견 없이 계약이 끝났다.

"서승원 씨하고 계약 내용 추가는 전처럼 C AD에서 진행해 주셨으면 합니다."

"안 그래도 서승원 씨하고 약속 있었어요. 별문제 없이 될 거 같아요."

지금 사람들의 반응으로 보아 모델비를 받지 않더라도 수락할 것 같았지만 계약 추가로 인해 서승원의 모델료가 2,000만 원 추가되었다. 연예인이라고 하면 스스로가 브랜드이자 상품이었기에 그만한 요금을 지불하는 것이 한겸도 맞다고 생각했다.

"그리고 저희가 감사 인사로 DIO80 퍼펙트 화이트를 준비했습니다. 앞으로 90, 100까지 잘 부탁드리겠습니다."

아직 다음 시리즈에 대한 얘기가 오고 간 것은 아니었지만, 지금의 상황만 놓고 보면 이후 DIO의 광고는 자신들이 맡을 것 같았다.

*　　　　　*　　　　　*

C AD 1층에 위치한 우노 커피숍에 자리한 한겸은 무척 멋쩍어하고 있었다. 서승원이 미팅 요청을 했을 때 라온과의 계약 때문인 줄 알고 단둘이 만났는데 서승원은 연신 감사 인사만 하고 있었다. 한겸은 이럴 줄 알았으면 범찬이라도 데리고 올걸, 하고 생각하며 서승원의 말을 들었다.

"정말 감사해요. 이런 반응은 연예인 하면서 처음입니다."

"축하드려요. 그리고 저한테 그만 감사해도 되세요."

"어떻게 그럽니까. 범찬이한테 다 들었어요. 남들이 다 반대할 때 김 프로님만 저 추천해 주시고 밀어붙이셨다고요."

"전 돈 받고 하는 일이니까 가장 어울리는 사람을 찾은 거예요."

"그러니까 그게 절 뽑아주셨다는 게 감사한 거죠. 게다가 고척2동 주민센터에서도 정말 고맙다고 그랬습니다. 김 프로님이 재진 형님과 사기 치신… 아니! 연출한 영상 덕분에 자원봉사 신청이 엄청 늘었답니다."

"후……."

"그리고 부모님도 저한테 바르게 잘 자라서 고맙다고 그러시더라고요."

"그건 서승원 씨가 꾸준히 봉사활동 해서 그런 거잖아요."

한겸은 더 이상 듣기 힘들었는지 그만하라는 듯 손을 흔들었다. 무료로 봉사한 거면 몰라도 돈 받고 한 일에 이렇게까지 감사 인사를 받으니 민망했다. 이런 얘기보다는 일에 대한 얘기를 하는 게 마음이 편할 것 같았던 한겸은 서둘러 입을 열었다.

"계약 내용 추가되면 모델료 2,000만 원 더 지급되는 거 아시죠?"

"알죠. 김 프로님이 신경 써주신 거 아닙니까. 제가 할 것도 없다면서요."

"제가 신경 쓴 게 아니라 DIO에서 신경 쓴 거예요. 아무튼 이 부분에 대해서 저희 직원이 추가된 계약 내용 들고 찾아갈 거예요."

"지금 사인해도 되는데요."

예전에는 말만 하면 사기꾼 아니냐고 묻던 사람이 이제는 팥으로 메주를 쑨다고 해도 믿을 것 같은 표정을 짓고 있었다. 한겸은 이제 할 얘기도 다 했기에 시간을 확인했다. 계속 앉아 있어봤자 민망한 감사 인사만 받을 바에는 사무실로 올라가는 게 나을 것 같았다.

"오늘은 스케줄 없으세요?"

"방송 스케줄은 없죠."

"그럼 진짜 저한테 고맙다는 말 하려고 오신 거예요?"

"감사하니까요. 그리고 약속도 있어요. C AD도 가깝고 해서 여기서 만나기로 했거든요. 김 프로님이 소개해 주셨다고 들었어요."

한겸은 바로 알아차렸다.

"라온이요?"

"네, 집으로 찾아온다고 그랬는데 그냥 김 프로님이 있는 곳에서 만나고 싶었거든요."

"제가 소속사 계약에서 도움드릴 건 없는데."

"그냥 믿음이 가니까요. 이종락이라는 분도 여기서 만나자니까 바로 알았다고 하시더라고요."

"후, 그래서 라온 소속에 들어가기로 하신 거예요?"

"그게 좋을 거 같아요. 저한테 예능이랑 드라마가 엄청 들어오고 있거든요. 거기다가 오디션 떨어졌던 영화까지 다시 연락을 하더라고요. 그런데 라온에서 저한테 어울리는 프로그램들하고, 프로그램 출연하게 되면 해줄 수 있는 것들을 자료로 뽑아서 보냈더라고요."

"라온 엔터가 그런 거 잘해줄 거예요."

"그것도 그렇고 무엇보다 김 프로님이 소개해 주셨다고 그래서요."

한겸은 모든 얘기가 자신으로 끝나는 상황에 어이없는 웃음을 지었다. 그때, 한겸의 휴대폰에 경용으로부터 메시지가 도착했다.

[헐! 김 프로님, 지금 2시 집계에서 Anything is possible 1위!]

한겸은 주먹을 불끈 쥐다 말고 서승원을 봤다. 이런 얘기를 괜히 앞에서 했다가 또 감사 인사를 받아야 한다는 생각에 입술을 굳게 다물었다. 서승원이 1위 했다는 걸 알리기 위해서인지 기획 팀원들에게 전화가 오고 있었지만, 아무 전화도 받지 않고 무음으로 돌려놓아 버렸다.

"역시 바쁘신가 보네요."
"아니에요. 그런데 이 부장님은 언제 오세요?"
"2시 됐으니까 이제 오시겠죠."
"후, 이 부장님 오시면 전 가볼게요."
"네, 제가 시간을 너무 많이 뺏은 건 아닌가 모르겠네요."
"아니에요. 그런데 그동안은 왜 소속사하고 계약 안 하신 거예요? 모델 계약 같은 것도 혼자 판단하지 마시고, 소속사하고 상의하면 안전하고 좋잖아요. 이미지 변신도 소속사에서 도와줄 건데."

서승원은 멋쩍게 웃으며 말했다.

"혼자 오디션 보고 그러다 보니까 익숙해진 거죠. 그리고 저한 테 계약하자고 그러는 사람도 없고요. 아! 지금은 기획사들한테 도 연락 엄청 옵니다."

"그런데 지금은 왜 계약하시려고 그러시는데요. 정말 저 때문 이에요?"

"그 이유도 있지만 다른 이유도 있죠. 아까 말씀드렸듯이 자료 조사도 좋았고, 앞으로 제가 나아갈 방향을 여러 가지로 제시해 주더라고요."

한겸은 종락을 떠올리며 웃었다. 라온 엔터에 배우가 없었던 만큼 서승원을 영입하기 위해 준비를 철저히 한 모양이었다. 그 때, 서승원이 또 감사 인사를 하려고 할 때, 다행히 커피숍 문이 열리면서 이종락이 뛰어 들어왔다.

"승원 씨! 어! 김 프로님도 계셨네요! 대박! 대박! 지금 대형 음원사이트 3곳, 2시 집계에서 Anything is possible 1위입니 다!"

한겸은 서승원을 힐끔 쳐다보고는 이내 듣지 못했다는 듯 자 리에서 일어났다.

*   *   *

한 달 뒤. 화이트의 엄청난 판매량에 힘입어 DIO80의 판매량은 DIO70 대비 2배가 넘는 쾌거를 이뤘다. 15%대에서 멈춰 있던 국내 휴대폰 시장 역시 점유율을 21%까지 끌어올렸다. 휴대폰이 DIO 시리즈만 있는 것이 아니었기에 6%에 그쳤지만, DIO 시리즈로만 올라간 것으로 보면 엄청난 성과였다.

서승원의 행보 또한 파격적이었다. 'Anything is possible'이 계속 1위를 한 것은 아니었다. 하지만 한 달 내내 상위권에 자리하고 있는 상태였다. 게다가 라온에서 얼마나 공을 들였는지 한겸이 기획했을 때보다 더 많은 성과를 올렸다. 요리 프로그램에 고정으로 나가서 자신의 실력을 보여주는 것을 시작으로 사람들이 모르던 모습까지 보여줬다.

게임이면 게임, 낚시면 낚시. 나오는 프로그램마다 엄청난 실력을 보이다 보니 이제는 서승원하면 Anything is possible이 자동적으로 붙는 수식어가 되었다. 덕분에 DIO와 서승원이 서로 시너지효과를 발휘하는 중이었다.

C AD 역시 바쁘게 돌아갔다. C AD에서 진행 중이던 HT의 히어로 광고도 2편이나 공개한 상태였다. 그뿐만 아니라 DIO의 성공으로 인해 내로라하는 대기업들에게 광고 인바이트까지 오고 있는 상태였다. 그럼에도 한겸의 표정은 시큰둥했다.

"겸쓰, 너 진짜 왜 그래? 요즘 일하는 게 재미없냐?"
"그러게. 광고 제안 오면 기간부터 묻고. 전에는 일단 시작하고 봤는데."

한겸은 표정 변화 없이 입을 열었다.

"할 거 잘하고 있잖아."
"전처럼 열정이 안 느껴져서 그렇지."

한겸은 자신의 상태를 누구보다 잘 알고 있었다. 지금 자신에게는 어떤 회사인지가 중요하지 않았다. 그저 충분한 시간을 두고 처음부터 끝까지 색이 보이는 광고를 만들고 싶다는 생각이 머릿속에 가득했다.

제2장

밑작업

　며칠이 지나도 한겹의 상태는 변하지 않았다. 무언가를 상상
하는지 멍해 있는 시간이 많았다. 바로 옆에서 한겹의 모습을 지
켜보던 임 프로는 보다 못해 우범을 찾았다.

　"진짜 이상하시다니까요."
　"음, 이번에 큰일을 해서 그런 거 아니겠습니까?"
　"그런 건 절대 아니에요. 김 프로님 아시잖아요. 지금도 다른
프로님들이 기획 보여주면 반응을 보이기는 하는데 그것도 잠깐
뿐이에요. 기간 물어보고 실망하고 고칠 곳만 휙휙 말해주고 또
멍하니 있어요."
　"슬럼프라고 하기도 애매하고."
　"그렇죠. 슬럼프라면 다른 일도 못해야 되는데 다른 것도 잘

하고 있으니까요. 그래서 제가 요 며칠 유심히 살펴봤거든요."

임 프로는 사무실 밖을 힐끔 쳐다보더니 조심스럽게 말했다.

"지금 딜레마에 빠지신 거 같아요."

"딜레마요?"

"김 프로님이 기획자이기도 하지만 C AD 오너이기도 하잖아요. 계속 기간 물어보는 거 보면 기획자로서 자기 마음대로 광고를 제작하고 싶은데, 오너 입장에서 보면 회사에 딸린 식구들이 많으니까 돈을 벌긴 해야 되잖아요. 두 위치에 따라 행보가 달라지니까 딜레마에 빠진 거 아닐까요?"

"음."

"사실 우리가 쉬어도 되긴 하는데 아무래도 광고 일이 잠깐 쉬면 시장에서 도태되기 쉬워서 그런 고민 하는 거처럼 보이더라고요."

당분간 일이 없더라도 문제는 없었다. 지금 진행하고 있는 일만 하더라도 벅찼다.

대만 분트, HT맵과 히어로 광고 및 DIO80의 광고까지 관리를 해야 하는 상태였다. 게다가 히어로 광고를 제외하고는 기획 팀이 따로 필요한 일들이 아니었다.

"만약 김 프로가 자기 마음에 드는 광고를 만든다면 얼마나 걸릴 거라고 예상하십니까?"

"제가 예상할 수가 없죠. 김 프로님이 어떻게 마음을 먹었냐에 따라 달라지는 거 아니겠습니까? 한 달이 될 수도 있고 1년이 될 수도 있고요."

"음. 메인 AE가 딜레마에 빠져 있다라."

"그리고 무엇보다 제작 기간이 정해지지 않은 광고를 맡길 회사가 없다는 문제도 있습니다."

"그건 제가 알아볼 문제입니다. 제가 걱정되는 건 하고 싶은 걸 못 하고 있다는 겁니다. 참다 참다 못 참으면 결국……."

"회사 그만두고 자기 마음대로 하러 갈 수도 있죠!"

"김 프로가 그렇게 무책임한 사람은 아닙니다."

"아… 저도 알죠."

"쌓이다 보면 임 프로님이 만든 '같이 놀래'처럼 즐겁게 일할 수 없겠죠. 그러면 슬럼프가 올 수도 있고요. 다른 프로들이 있으니 당분간은 괜찮지만 그 기간이 오래되면 우리 C AD는 폐업해야 될 수도 있습니다. 뿌리가 흔들리는 격이니까요."

임 프로는 걱정되는 얼굴로 한숨을 뱉었다. 우범은 그 말을 끝으로 가만히 생각에 잠겼다. 그때, 통화를 하던 사무실 직원이 우범에게 다가왔다.

"대표님! DIO 마케팅 팀인데요. 급하게 미팅을 하고 싶어 하는데요."

"이유는요?"

"화이트 광고를 해외로 내보내고 싶답니다."

"해외 광고대행사가 따로 있는데 말입니까?"

"국내에선 점유율이 올랐는데 해외에서는 예전 그대로니까 시장을 좀 넓히고 싶은가 봅니다. 배경과 모델은 바꾸고 설정만 가져가고 싶어 합니다."

"김 프로가 말했던 대로 말했습니까?"

"네, 우리나라에서는 예능이나 Y튜브를 통해서 모델의 이미지를 만들어놓은 상태라 가능했던 거라서 해외에서는 통하지 않을 확률이 높다고 그랬습니다."

우범은 해외에서 같은 광고를 제작하더라도 한겸이 제작한 광고만큼 효과를 보진 못할 것이라고 확신했다. 그러다 보니 한겸의 실력이 더 소중하게 느껴졌다. 덧붙여 기간에 얽매이지 않고 스스로 만족할 만한 광고를 만들면 어떤 파장을 불러일으킬지 궁금하기도 했다. 가만히 생각하던 우범은 결정했다는 듯 임 프로를 봤다.

"지금 신입 기획 팀원들이 임 프로님 포함해서 네 명이죠?"

"네, 저까지 네 명 맞습니다."

"그럼 이제 신입 딱지 뗄 때도 됐군요."

임 프로는 우범의 시선을 보며 침을 꿀꺽 삼켰다.

* * *

며칠 뒤. 기획 팀 사무실에 자리한 한겸은 포스터 팀에서 보내 온 포스터를 살폈다.

'윤 프로님이 정말 대단하시구나.'

선진이 보낸 결과물은 언제나 놀라웠다. 그와 동시에 한겸은 이 포스터로 영상광고를 어떻게 제작하면 좋을지 생각했다. 의뢰를 받은 것도 아니었는데 구상도 해보고 심지어는 스토리보드까지 만들며 시간을 보냈다. 그때, 범찬이 한겸의 책상을 두드렸다.

"겸쓰! 우리 일 들어온 거야? 신정 종합 시장?"
"아니."
"야, 그럼 또 쓰잘머리 없는 짓 하고 있는 거냐? 이거 들고 시장에 찾아가서 이렇게 만들어줄 테니까 돈 내라고 하게? 우리 인건비도 안 나오겠다."
"그냥 구상해 보는 거야."
"아오, 이상하단 말이야."
"뭐가?"
"너도 이상하고. 지금 우리 상황도 이상하고. 왜 우리가 지금 한가한 거지?"

그동안은 계속 색이 보이는 광고에 대해 생각했기에 느끼지 못했는데, 생각해 보니 범찬의 말처럼 기획 팀 전체가 한

가했다.

"우리 화이트 빵 터뜨렸는데 일이 없을 리가 없잖아. 나한테만
말해봐. 우리 무슨 일 생겼냐?"
"아니?"
"너 연기하는 거 아니지? 갑자기 막 회사 문제 생겼다고 그러
는 거 아니지?"

한겸은 의아한 표정으로 범찬을 봤다. 그러고는 고개를 돌
려 기획 팀 팀원들까지 쳐다봤다. 모두가 자신을 쳐다보고 있
었다.

"문제 생겼나? 그러면 대표님이 우리한테 먼저 말씀해 주실 건
데."
"넌 그럼 왜 말도 안 하고 계속 똥 먹은 개 상이냐?"
"똥 먹은 개 상은 또 뭐야."

한겸은 얼굴을 쓰다듬으며 피식 웃더니 입을 열었다.

"내 마음에 드는 광고 만들어보고 싶어서."
"지금까진 안 그랬냐?"
"좋긴 했는데 부분 부분이 아니라 처음부터 끝까지 전부 내
마음에 들게 만들고 싶다는 말이지."
"만들면 되잖아. 내가 도와줌. 그러니까 다들 걱정 안 하게 표

정 관리 좀 하고."

"그러고 싶은데 여러 가지 걸리는 게 있으니까 문제지."

대화를 듣던 임 프로는 자신의 생각이 맞다는 생각에 안타까운 표정으로 한겸을 봤다. 꿈이 정해져 있고, 시간만 있다면 그 꿈을 실현시킬 수 있는 능력이 있는 사람이 주변 환경 때문에 참고 있는 모습이 안타까웠다.

그래서 우범에게 말을 꺼냈는데, 며칠이 지난 지금까지도 아무런 말이 없었다. 그때, 사무실 문이 열리더니 우범이 들어왔다.

"대표님! 저희 준비 완료입니다! 이번에는 어디입니까!"

역시 범찬이 가장 먼저 우범을 맞이했다. 그러자 우범이 피식 웃더니 기획 팀원 모두를 불러 모았다.

"전달할 것이 있으니 다들 모여보시죠."

팀원들이 가운데 테이블에 모두 모이자 우범이 들고 온 서류를 내밀었다. 그런데 대상이 기존의 팀원들이 아닌 임 프로와 신입 팀원들이었다. 범찬이 그것을 가져가려 하자 우범이 손을 저었다.

"이번 건은 네 분이 맡도록 하자."

"네? 어디 회사인데요?"

"HT의 히어로 광고다. 네 분에게도 실력을 쌓을 기회가 필요하다고 생각했다."

우범의 말이 옳았기에 한겸과 나머지 세 명도 고개를 끄덕거렸다.

예전에도 한겸이 대만 분트를 진행하고 세 명이 히어로 광고를 진행했던 적이 있었기에 쉽게 수긍했다.

"그거 잘해야 되는 거 아시죠? 사람들이 상상 못 할 최대한 이상한 선물 정해서 시나리오 만들어야 되는 거."

"옆에서 봐서 알긴 아는데 저희끼리 괜찮을까요?"

"크하하, 뭐 제가 틈나는 대로 도와드릴게요. 그런데 대표님, 그럼 저희는 어떤 회사 맡는 거예요?"

범찬은 당연히 팀을 나눠서 한다고 생각했는지 무척 기대하는 표정이었다. 한겸 역시 어떤 회사이며 얼마의 여유 기간이 있을까 궁금해했다.

그때, 우범이 표정 변화 없이 상당히 많아 보이는 자료를 한겸에게 내밀었다.

"정해진 건 없다. 너희들이 할 일은 회사 이름을 높이는 것이다."

누구보다 의도를 빨리 알아차리던 한겸도 의아한 표정을 지었다.

아무리 생각해 봐도 도무지 떠오르는 것이 없었다. 그때, 우범이 준 자료 표지에 적힌 제목이 보였다.

「프로젝트: 칸 라이언즈」.

칸 라이언즈라면 권위 있는 국제 광고제였다. 학교를 다닐 때도 그 광고들로 수업을 했었고, 색이 보이는 광고를 찾기 위해서 수상작을 찾아보기도 했던 광고제였다.

"저희 칸 라이언즈 출품하나요?"

"그래."

"DIO80 화이트로요? 그럼 제품 부문 광고네요. 그런데 출품하기만 하면 되니까 저희가 할 건 없네요."

"아니다."

우범은 미소를 지은 채 입을 열었다.

"글로벌 시대에 맞춰 우리나라만 해도 외국계 회사가 많다. 그런 회사들은 대부분 자국에서 광고를 제작하는 게 현실이다. DIO80만 하더라도 해외 광고는 우리가 아닌 그 나라에 있는 회사들이 맡았다. 만약에 우리가 해외에서도 알려진 회사라면 상황은 달랐겠지. 그래서 이번 기회에 해외에 우리 C AD의 이름을 알릴 계획이다."

상황이 어떻게 돌아가는지 알고 있던 임 프로는 좋은 아이
디어라고 생각했다. 한겸이 AE로 자각을 하면서 하고 싶은 일
을 하게 해줄 수 있는 기회를 만든 것이었다. 어떤 자료인지 알
수는 없지만 두께로 보아 우범이 상당히 고민한 흔적이 느껴졌
다. 임 프로가 대단하다는 듯 우범을 쳐다보며 웃자, 눈을 마주
친 우범도 피식 웃었다. 그때, 범찬이 수상하다는 듯 입을 열었
다.

"두 분 왜 눈 맞추면서 웃으세요?"
"아니다."
"아닌데. 지금 방금 막 엄청 흐뭇하고 뿌듯한 표정으로 웃었
는데. 혹시 우리 칸 라이언즈 수상 내정되어 있는 거예요? 임 프
로님은 알고 계셨던 거고! 맞죠?"
"하아, 그런 거 아니다."

범찬은 아닐 리가 없다고 생각하는지 계속해서 수상한 눈빛
으로 우범과 임 프로를 살폈다. 한겸은 그런 범찬을 보며 고개
를 저은 뒤 입을 열었다.

"저희가 노리는 부문이 제품이 아니면 어디예요?"
"많으면 많을수록 좋다. 하지만 현실적으로 힘드니 우선적으
로 브랜딩 광고로 정했다."

"브랜딩 광고면… 박순정 김치나 항아리 말씀하시는 거예요? 다음 달이 광고제니까 지금 출품해도 빠듯하겠네요."

"아니다. 아예 새로운 광고를 제작할 거다. 그리고 올해를 노리는 게 아니라 내년을 노릴 계획이다. 장기 프로젝트지. 오늘부터 시작해서 프로젝트 끝나는 기간은 11개월이다. 그 전에 완성을 해야 참가가 가능하겠지. DIO의 광고도 끝나니까 새로운 기업을 찾아야 하기도 한다."

한겸은 순간 주먹을 꽉 쥐었다. 자신이 딱 원하는 상황이었다. 비록 기간이 정해져 있긴 하지만 거의 1년에 가까운 시간이 주어진다면 원하는 광고를 제작할 수 있을 것 같았다. 다만 어떤 회사가 1년이나 기다려 줄지 궁금했다. 그때, 범찬이 또 우범과 임 프로를 쳐다보며 말했다.

"봐요, 또 웃네. 이번에는 겸쓰 보더니 둘이 막 웃으시네."

한겸도 우범과 임 프로를 쳐다봤다. 평소와 다르게 우범이 당황해하며 범찬을 노려보기까지 했다. 게다가 임 프로는 두리번거리며 자신의 눈을 피했다.

그 모습을 보자 한겸은 어떻게 돌아가는 상황인지 어느 정도 이해가 됐다. 가만히 생각해 보면 갑자기 라이언즈에 출품을 하는 것도 이상했고, 완성이 된 광고를 출품하는 것이 보통인데 광고제를 목표로 1년이나 되는 기간 동안 준비를 하는 것도 이상했다. 아마 자신을 위해서 이런 일을 벌인 것 같왔다.

그래도 덕분에 광고를 제작할 기회를 얻었고, 목표마저 생겼다. 계속 원했던 상황이었기에 알아도 모르는 척 넘어가야 했다.

우범은 할 말도 다 했고, 더 있어봤자 범찬의 의심만 살 것 같았기에 서둘러 자리에서 일어났다.

"반드시 골드 라이언즈를 목표로 기획할 수 있도록."

한겸은 우범을 보며 고맙다는 듯 가볍게 고개를 숙이며 웃었다. 그러고는 서둘러 우범이 주고 간 자료를 쳐다봤다.

*   *   *

하나로 움직이던 C AD의 기획 팀이 두 팀으로 나뉘었다. 신입 팀원들은 자신들끼리 기획안을 짜는 게 어색했는지 처음에는 수시로 질문을 하거나 의견을 물었지만, 차츰 익숙해지는지 자신들끼리 열심히 의논을 하고 있었다.

그에 비해 한겸과 세 사람은 고민이 많아 보이는 얼굴들이었다. 자료를 열심히 보던 범찬은 놀랍다는 듯 혀를 내밀었다.

"이걸 언제 다 조사했대. 이것만 보면 우리 무조건 금상 받아야 되겠는데?"

"잘 만들어야지."

"말은 1년인데 상 받으려면 광고가 나와 있는 상태여야 하니까 한 7개월? 8개월? 은 여유 있나?"

한겸은 피식 웃었다. 우범이 사실대로 말하진 않았지만, 이미 다 알아차린 상태였다. 하고 싶은 걸 하게 해주는 것도 모자라 손발이 맞는 팀원들까지 붙여주었다.

다만 팀원들은 여전히 모르고 있었다. 그저 칸 라이언즈에서 상을 타야 된다며 각오를 다지거나 상을 못 받게 될까 걱정하는 분위기였다. 걱정하는 사람은 당연히 종훈이었다.

"한겸아, 종류가 너무 다양한데 이 중에 골라야 돼?"

"꼭 그렇진 않은 거 같은데 그래도 자료 조사 하신 거니까 도움은 되겠죠."

"휴… 그건 다행이네. 그런데 대표님도 한겸이 너한테 옮았나?"

"뭘요?"

"무데뽀 정신 말이야. 여기 회사들이 의뢰한 것도 아니잖아."

"아하하, 그래도 다 성공했잖아요. 일단 복사부터 하죠."

각자 자료를 살펴보기 위해 복사를 하던 중 범찬이 복합기를 보며 한숨을 뱉었다.

"야, 복합기 또 맛탱이 갔네!"

"왜?"

"잘 나오다가 끝부분에 꼭 멈추네. 이렇게 많이 복사하고 그러니까 갈 만도 하지. 겸쓰, 네가 고장의 주범이야. 너 맨날 프린트 잔뜩 하니까 얘가 힘들어서 파업하는 거 아니야."

"사무실에 가서 해야겠다. 우리 복합기도 고쳐달라고 할 겸."

한겸은 직접 사무실에 가서 복사를 하고 돌아왔다. 그런데 자료를 보던 팀원들의 표정이 이상했다. 한겸은 그중 가장 의아해하는 종훈에게 물었다.

"왜 그래요?"

"아, 이게 조금 이상한데?"

"뭐가요?"

"회사들이 조금 이상해. 이게 맞는 건가?"

자료가 워낙 많다 보니 나눠서 돌려 보고 있었다. 한겸은 궁금하다는 표정으로 종훈의 손에 들린 자료를 쳐다봤다.

"어떤 회사인데요?"

"너무 다양한데. 저거는 의료기기 업체고 이거는… 녹말 이쑤시개 회사인데."

"그래요? 음, 괜찮은 거 같기도 하고."

"응? 녹말 이쑤시개가?"

"제가 먼저 봐볼게요."

자료를 건네받은 한겸은 천천히 살펴보며 말했다.

"업계 1위 회사네요."

"그렇긴 하지. 그런데 왜 하필이면 이쑤시개 회사지? 이것만 그런 게 아니라 아까는 접시 회사도 있었고 3D 의료기기 제작 업체도 있었거든."

"제가 보기엔 나름 괜찮아 보여요. 일단 저희가 준비하는 기간이 길게는 1년이니까 그동안 쉽게 바뀌지 않는 회사들이어야 하거든요. 누구나 집에 있는 게 접시잖아요. 의료기기도 사람들이 다치지 않는 이상 꼭 필요한 거고요. 지금 이 이쑤시개 회사만 봐도 최근 5년 동안 케이스 디자인은 바뀌어도 내용물에 대한 변화는 크지 않잖아요. 게다가 매출 변동도 그렇게 크지 않고요."

"아! 기껏 준비했는데 갑자기 회사가 망해 버리면 쓸모가 없어지니까!"

"그렇겠죠. 저희도 칸 라이언즈를 준비한다고 해도 회사에 어느 정도 도움은 되어야죠. 그래서 대표님이 준비해 주신 거예요."

"그런데… 매출 변동이 크지 않다는 말은 그만큼 안정적이라는 소리인데 광고를 하려고 할까?"

"아무리 1위라고 해도 경쟁업체가 있는 이상 마케팅은 해야죠. 지금도 중국이나 베트남에서 오는 것들이 많은데 거기서 살아남으려면 마케팅은 필수고요. 아마 지금은 광고보다는 영업 위주로 움직이고 있을 거예요. 우리가 광고를 만들게 되면 영업 외에 다른 곳에서 수익을 발생시킬 수 있는 광고를 만들어야겠죠?"

"어떻게? 벌써 생각해 뒀어?"

"저도 지금 보고 있는데요? 이쑤시개 회사 광고로 정하면 그때부터 생각해야죠."

종훈은 어이없다는 표정으로 한겸을 봤고, 옆에서 그 모습을 지켜보던 범찬도 어이없다는 웃음을 보였다.

"겸쓰, 네가 이제는 유비를 넘어섰구나."

"응?"

"지금 네 표정 보면 삼고초려가 아니라 자기 아이디어 받아줄 때까지 계속할 거 같거든."

범찬의 말을 들은 한겸은 피식 웃고는 팀원들에게 말했다.

"그때는 잘 몰라서 그랬던 거고. 만약 그렇게 되더라도 우리는 광고에 대한 아이디어를 짜고 기획만 하면 돼. 그럼 대표님이 진행하실 거야."

"아! 그러네."

"그러니까 자료 보다가 순간순간 떠오르는 아이디어들은 메모해 놓든가 나한테 말해줘. 그리고 종훈이 형도 이쑤시개 기업

같은 회사만 있는 게 아니니까 걱정 마시고요. 지금 제가 보고 있는 것도 괜찮아요. 한번 보세요."

"한국관광공사? 한국에 대한 홍보 영상을 찍는 거네. 이거면 나도 대찬성! 국가 산업이니까 안전하기도 하고 무엇보다 이쑤시개 회사보다는 나아 보이네!"

"네, 그렇긴 한데 이쑤시개 회사라고 무시하실 만한 수준은 아니에요. 그리고 이 홍보 광고는 국가 산업이긴 하지만 제가 보기에 가장 오래 걸릴 거 같긴 해요."

"왜?"

"우리가 만든 광고를 보는 사람들을 생각해야죠."

"아! 해외로 광고를 하는구나. 그럼… 각 나라별로 만들어야 되겠네……."

"그건 아니죠. 광고는 하나로 하되, 모든 나라에서 심사가 통과하려면 각 나라 심사 기준까지 알아야 되거든요. 스페인에서 분마 광고 할 때도 심의 때문에 금방 내렸던 거 아시죠?"

"하아, 그렇지. 그때 내가 사무실 팀하고 같이 담당했었는데……."

"그런 거까지 고려해서 괜찮으면 하서도 돼요. 전 관광공사 광고도 괜찮다고 생각 중이거든요."

"그럼 어떤 걸 해야 할까? 국내 여행 홍보 이런 것도 괜찮지 않아?"

"그래서 우리한테 맞는 걸 지금 찾는 거예요. 여기 보면 각 도시별로 시청도 있고 정부종합청사별로 각 부서도 있고 그래요. 도시교통공사도 있고 버스 회사들도 있고 여러 가지 있으니까 천천히 찾아봐요."

한겸은 웃으며 이쑤시개 회사 자료를 한쪽에 올려두었다. 세 가지 분류를 해놓은 상태였다. 공익광고, 국가 산업, 마지막은 각종 상품이 있는 기업들이었다.

"상품 있는 기업들은 이쑤시개 회사가 마지막이지?"

다들 자료를 뒤적이더니 고개를 끄덕거렸다. 그러자 한겸이 즐거워하는 표정으로 회사들의 자료를 이리저리 들췄다. 한겸의 표정이 밝아진 데다가 예전처럼 주도해서 기획 회의를 이끌자 팀원들 모두가 동시에 피식 웃었다. 그중 범찬은 갑자기 진지한 표정을 짓더니 말했다.

"김한겸이 돌아왔구나. 반갑다."
"왜 또 갑자기 되도 않는 연기야."
"좀 받아줘라. 그냥 한 달 내내 똥 씹은 얼굴이었는데 지금은 꽃이 활짝 펴서 그렇지. 혹시 이제는 똥이 입에 맞는 건가?"
"미친 소리 그만하고. 제대로 알아보게 일단 준비나 해."

한겸이 예전처럼 분주하게 움직이는 모습에 팀원들은 기분이 좋은지 다들 활짝 웃었다. 그러고는 다시 집중하기 위해 편한 자세로 고쳐 앉았다. 그러자 한겸이 의아한 표정으로 팀원들을 빤히 쳐다봤다.

"왜! 왜 그렇게 쳐다봐! 말을 해! 뭐 문제 있어?"

"그건 아닌데. 준비하라니까 왜 앉아?"

"응? 제대로 알아보자고 해서 준비하는 건데?"

"제대로 알아보려면 직접 가봐야지. 지금 가장 가까운 곳이 LED 전등 업체네. 위치가 시흥이니까 30분 정도면 가겠네?"

"직접 간다는 거였냐?"

"당연하지. 자료만 보고 어떻게 알아. 직접 봐야 알지."

"얘기는 된 거고……?"

"아니? 그냥 둘러보러 가는 거야. 일단 오늘은 업체부터 갔다가 회사들이 어떻게 돌아가는지 살펴보고 내일부터는 기업들에 맞는 시장조사 해야 될 거 같으니까 서둘러 가자. 사무실에 회사 차 우리가 쓴다고 말해둘게요. 종훈이 형이 운전 좀 해주세요."

"그거 사무실에 맡기는 게 맞는 거 아니냐……?"

"확실히 정해진 거면 몰라도 지금은 알아보는 단계잖아. 그리고 내가 직접 확인해 보고 싶어서 그래."

전보다 더 열정적인 한겸의 모습에 팀원들은 흠칫 몸을 떨었다. 그동안 겪어본 바로는 이번 일이 그 어느 때보다 힘들 것 같았다.

*   *   *

며칠 뒤. 한겸은 회사로 출근도 하지 않고 대부분의 시간을 외근에 썼다.

"겸쓰, 이 정도면 우리 장사해도 될 거 같아."

"장사하려고?"

"그게 아니잖아. 뭔 시장조사만 계속 해. 고깃집에서 이쑤시개 어디 거 쓰는지 알아보는 것도 쪽팔려. 조금 전에 들른 고깃집 사장님은 그냥 업체에서 가져다주는 거 쓰는 거라 어디 거인지 도 모르더만."

이번에는 다른 팀원들도 범찬의 말에 동의했다. 앞자리에 앉은 수정은 룸미러를 통해 한겸을 봤다.

"LED 업체도 비슷해. 제조업체는 자기들이 유명한 회사들에 납품한다고 그렇게 말하는데, 정작 소비자들은 판매하는 브랜드만 알지 어디서 만든 건지는 모르잖아. 신경도 안 쓰고."

"그러니까 그걸 알려야지. 믿을 만하니까 여러 회사에서 납품받기를 원하잖아. 회사만 다르다 뿐이지 품질도 비슷하고. 그런데 가격은 차이가 나니까 소비자들이 선택하게 할 수 있는 기회도 줄 수 있을 거 같은데."

"너 그 짓 하면 큰일 나. 우리가 문제가 아니라 LED 제조 회사가 망해. 같은 제품인데 상표만 바꿔서 비싸게 판다고 알리면 누가 좋아해."

"그건 아니지. 그만큼 서비스가 다르다는 것도 있고, 무엇보다 브랜드 가치라는 게 있잖아. 그동안 꾸준히 믿을 만한 제품을 판매했으니까 그 가격에 믿음이 포함된 거지."

어떤 말을 하더라도 한겸을 이길 수가 없었다. 팀원들은 그저 한겸이 원하는 대로 계속 업체 조사와 시장조사를 해야 했다. 그때, 종훈이 입을 열었다.

"JD 손해보험까지 가려면 또 기름 넣어야겠다. 그래도 이번에는 대표님이 말해봐서 그렇게 오래 걸릴 거 같긴 않네."

그러자 범찬이 눈은 한겸을 보며 말은 종훈에게 했다.

"와! 지금 몇만이야. 이거 회사 차 뽑은 지 얼마 안 된 거죠?"

"새 차 리스한 걸로 알아. 우리 탔을 때 2만이었는데 4일 만에 4,000㎞ 탔네. 지방까지 계속 다녀서 그렇지."

"와… 그래서 그런가, 종훈이 형 진짜 운전 엄청 는 듯!"

"나도 느끼고 있어. 이제는 내비 없어도 웬만한 곳은 다닐 수 있을 거 같아."

"겸쓰 때문에 하루 종일 운전하느라 힘들죠? 그래도 참아야 돼요. 만약에 한국 홍보 영상 찍었어 봐요. 우리가 대동여지도 그랬을지도 몰라요."

"그거 진짜 할지도 몰라. 대표님이 주신 자료 중에 우리나라 홍보 영상도 있잖아."

"헐! 야, 겸쓰라면 다 다녀보자고 하겠죠? 우리 차 똥차 될 때까지?"

"그래도 통일 안 된 게 어디야. 좋게 생각해야지."

자신을 게슴츠레 보면서 말하는 범찬을 보며 웃고 있던 한겸이 갑자기 아쉬워하는 표정으로 변했다.

"갑자기 미안해지냐?"

"그런 건 아니고. 아쉬워서."

"뭐가 또 아쉬워. 여기서 더 아쉬울 게 있어?"

"말 듣다 보니까 만약에 통일될 기미라도 보이면 어떨까 해서."

"이번엔 통일시키게?"

"내가 어떻게 그래. 만약에 통일되면 좋을 거 같다는 거지."

"뭔데. 말해봐. 들어는 줄게."

한겸은 피식 웃더니 갑자기 범찬의 손을 잡았다. 그러고는 무슨 모양을 만들려는 듯 악수도 해보고 깍지도 끼워보고 손을 바꿔 맞잡기까지 했다.

"팔을 이렇게 잡고 팔목 부분을 잘 자르면 괜찮겠는데."

"내 팔을 왜 잘라. 미친놈아!"

"하하, 진짜 자르는 게 아니라 그래픽으로 이렇게 자르면 지도 모양 나올 거 같지 않아?"

"어? 그렇긴 한데 자세 엄청 불편한데."

"완벽하진 않아도 형상만 나오면 될 거 같은데. 그리고 이 손 안에 한국에서 자랑할 만한 것들을 보이게 하고, 위쪽 손에는 북한에서 자랑할 거리를 보이게 하면 좋을 거 같거든. 거기다가 마지막에는 태극 문양처럼 빨간색과 파란색이 합쳐져 새로운 색을 보여주는 거지. 통일된 한국의 새로운 색이 되겠지? 모델은 한국은 우리나라 대통령하고 북한 위원장이면 최고겠네. 둘이 잡은 손에……"

"미친놈."

"왜 이상해?"

"아니야. 더 이상 생각하지 마. 계속 생각했다가는 진짜 대통령 모델로 섭외하러 갈 거 같거든."

다른 팀원들도 마찬가지였는지 한겸을 조심스럽게 쳐다봤다. 한겸은 피식 웃으며 말했다.

"통일이 그렇게 쉽게 안 되니까 걱정하지 마. 그냥 만약에 그러면, 이런 식으로 홍보하면 좋을 거 같아서 말한 거야."

한겸은 피식 웃으며 창밖을 봤다. 한번 입에서 나와서인지 자신도 모르게 계속 조금 전 말한 내용에 살을 입히고 있었다.

어떤 내용으로 홍보를 할지부터, 합쳐졌을 때 어떤 색이 어울릴지까지. 그러던 한겸이 갑자기 피식 웃었다. 예전이라면 색을 구분하지 못했을 자신이 어떤 색이 좋을지 생각하고 있었다.

 "색이라."

*   *   *

 한겸이 색에 대해서 생각하느라 말이 없자 범찬은 괜히 불안한지 연신 한겸을 살폈다.

 "아무리 봐도 그건 아니야."
 "뭘? 한국 홍보 광고?"
 "어! 자꾸 생각하는 게 수상하거든. 그래, 백번 양보해서 우리나라 대통령 섭외했다 쳐. 그럼 북한 위원장도 섭외하려고?"
 "그게 그렇게 걱정돼?"
 "당연하지! 그동안 널 봐왔는데!"
 "통일 그렇게 쉽게 안 돼."

 범찬은 그래도 불안감이 가시지 않았는지 꼬치꼬치 캐물었다.

 "갑자기 그런 말 해놓고 생각하니까 불안하잖아. 그럼 무슨 생각한 건데!"

 한겸은 피식 웃으며 입을 열었다.

"색에 대해서 생각했지."

"갑자기 색?"

"예전에 색이 안 보였을 때 생각했지. 이제는 색이 보이니까."

"너, 선택적 색맹이잖아. 보고 싶은 것만 보이는 거 아니었어?"

장난스럽게 뱉은 말이지만, 한겸은 범찬이 실제로도 그렇게 느낄 수 있겠다는 생각이 들었다. 범찬의 말 때문인지 예전에 만들었던 광고들이 떠올랐다.

DH 광고 때도 색이 보이는 서승원이나 박재진이나 모두 피부색이 노란색이었다. 게다가 박순정 김치의 왕배추도 있었고, 각종 포스터들을 만들 때 봤던 것들 모두 노란색이 있었기에, 일부분이긴 해도 색이 보이는 광고를 제작할 수 있었다.

하지만 그보다 먼저 제대로 된 기획이 없었다면 노란색을 사용할 기회도 없었을 터였다. 기획과 함께, 노란색으로 보이는 모델이나 제품이 어우러졌을 때가 가장 이상적이었다. 물론 노란색의 모델이 있더라도 온전한 색이 보이기까지는 많은 고생을 해야 했다.

그래도 고생한 덕분에 지금은 어떤 장면에서 색이 보일지 어느 정도 예상할 수가 있었다. 눈이 퀄리티가 좋은 광고를 알아볼 수 있도록 도와준 건 맞지만, 이를 이용한 건 어디까지나 자신의 실력이었다.

한겸은 스스로를 믿어보자며 마음을 다잡았다. 그러고는 어떤 기획을 세워야 눈을 가장 효과적으로 잘 사용할 수 있을지 생각했다. 그때, 꽤 오랜만에 박재진으로부터 전화가 왔다.

"네, 재진 형님."

—크하하. 네가 하는 형님은 언제 들어도 좋단 말이야.

"어쩐 일이세요?"

—꼭 일이 있어야 전화해야 돼?

"그건 아니죠."

—그렇지? 그런데 사실 일이 있어서 연락했어. 오늘 종락이가 C AD 찾아갔는데 너희들 없다더라.

한겸은 고개를 갸웃거리며 물었다.

"저희 만나려고 찾아오신 거예요?"

—사실 미팅 때문에 간 거긴 하지만 너희들을 보러 간 거나 마찬가지지. 이번에 우리 회사 보이 그룹 O.T.T가 두 달 뒤에 컴백하거든. 지금 앨범 녹음은 거의 다 된 상태라서 이번 홍보를 C AD한테 부탁하고 싶어 하더라고.

"원래 가수 홍보는 라온 내에서 하지 않았어요?"

—그렇긴 하지. 그런데 종락이가 가까이서 결과물을 봐왔잖아. 나나 승원이나 지금 다 잘나가니까 너희한테 홍보 맡기고

싫었나 봐. 그런데 너희들 다른 일 때문에 나갔다고 들었대. 그래서 지금 괜히 맡긴 건 아닌가 걱정하더라고. 요즘 좀 바빠?

"맡고 있는 일이 있어서요. 그래도 최종적으로 제가 확인하니까 회사에 남아 있는 팀원분들 한번 믿어보세요."

─내가 어련히 잘하겠냐고 그랬는데도 네가 일선에서 진행해 줬으면 해서 나한테 부탁하더라고. 내가 내일 뉴욕 가는 거 뻔히 알면서 부탁하더라. 그런데 너희들이 일이 있으면 어쩔 수 없지.

한겸도 잠시 고민되었다. 그동안 라온과의 관계를 보면 일을 맡아주고 싶었지만, 두 달밖에 남지 않은 기간 때문에 또 쫓기며 일을 하게 될 것 같았다.

지금은 회사에 남아 있는 팀원들의 기획을 중간중간 점검하고 수정해야 될 부분을 지적하는 것밖에 못 해줄 것 같았다.

"아무래도 이번은 힘들 거 같아요."

─그래, 알았어. 부담 주려고 한 거 아니니까 너무 신경 쓰지 마.

"네, 감사해요. 그런데 내일 뉴욕에 가세요?"

─어, 민망하긴 한데 회사에서 가는 게 이득이라고 그러더라. 아마 내일부터 기사 나갈 거야.

"좋은 일 있으세요?"

─그냥 별건 아니고, 유엔인종차별철폐위원회에서 연설 같은 거 부탁하더라고.

"오, 그게 별게 아니에요? 대단하신데요."

─그냥 대본 읽으러 가는 수준인데 뭐.

"이제 미국까지 진출하시는 거예요?"

─내가 네 덕분에 그런 데서 초청도 받아본다. 아무튼 일정은 4일 뒤인데 미리 가는 거야. 다녀와서 한번 보자. 아! 다녀와서도 안 되겠네. 너희들 때문에 내가 이 나이에 너무 바빠.

"또 어디 가세요?"

─Y튜브에서 하도 봉사하니까 장애인협회에서 홍보대사 해달라고 그러잖아. 내 이미지가 있으니까 거절하기도 그렇고, 그래서 하기로 했지. 아무튼 종락이한테는 내가 말 잘할 테니까 진짜 부담 갖지 말고 나중에 보자.

통화를 마친 한겸이 박재진을 떠올리며 웃자 범찬이 통화 내용이 궁금했는지 바로 질문을 했다.

"재진 형님 미국 진출한대?"

"UN에 인종차별에 관한 연설 하러 간다는 거 같던데. 그리고 우리나라 장애인협회 홍보대사도 맡으신대."

"예전에 스페인에서 생겼던 일 때문에? 와, 그런 데서 연설도 하네. 완전 대박이네."

"장기적으로 보면 우리한테도 좋을 거 같아. 그런 이미지를 계속 유지하면 분트 모델로도 메리트가 있을 거고. 최종적으로는 분트 본사가 있는 미국에서 광고를 하게 될 텐데, 여러 인종이 모인 미국이라면 효과는 좋을 거 같거든."

한겸의 설명을 들은 팀원들도 장기적으로 보면 확실히 도움이 되는 일이라고 느꼈는지 다들 고개를 끄덕거렸다. 그중 가장 현실적으로 상황을 보는 수정이 입을 열었다.

"아직 정해진 것도 없는데 왜 표정들이 다 들떠 있어. 분트든 뭐든 하려면 지금 하는 일부터 해야 되잖아."

수정의 지적처럼 정해진 것은 아무것도 없었다. 차후에 확실히 도움이 되는 일이라는 생각에 한겸도 조금은 들떠 있었다.

'지금 하는 일이 우선이지.'

한겸은 멋쩍게 웃으며 다시 창밖을 봤다. 하지만 박재진에게 얘기를 들어서인지 계속해서 인종차별에 관한 내용이 떠올랐다. 색이 보이지 않았을 때는 각각의 인종이 갖고 있는 특유의 생김새로 판단했지, 피부색으로 판단하지는 못했다. 그런데 지금은 피부색이 보였다. 순간 한겸은 예전에 눈 수술을 한 뒤 퇴원하며 봤던 광고가 떠올랐다. 콜라 광고로, 처음으로 색이 보인 광고였다.

"아… 흑인, 백인, 동양인."

"뭐? 갑자기 무슨 말이냐?"

"아! 피부색을 강조해서 광고를 만들면 어떨까? 자신들의 피부색이 포함되어 있으니까 거부감도 없을 것 같은데. 무엇보다 사회적인 메시지도 담을 수 있고."

"인종차별 하지 말자 그런 캠페인 광고 찍자는 거야? 어떤 식으로?"

"자세한 건 기획해 봐야지."

"겸쓰, 너 지금 생각나는 대로 내뱉고 있는 건 아니지?"

범찬의 말처럼 다듬어지지도 않은, 순간 떠오른 아이디어였다. 하지만 다듬기만 하면 괜찮을 것 같았다. 무엇보다 보는 사람이 공감할 수 있거나 제품에 대해서 제대로 된 표현되었을 때 광고의 색이 보였다.

피부색이라면 전 세계 사람들이 공감할 수 있지 않을까 하는 생각이 들었다. 그때, 운전을 하던 종훈이 조심스럽게 입을 열었다.

"인종차별에 관한 캠페인은 너무 흔하지 않아? 이미 많은 광고들이 나와 있는데."

"그런 것들과 차별을 둬야죠."

"어떤 식으로 할지 모르겠지만, 그래도 굉장히 평면적인 느낌일 거 같은데."

"그런가."

"하지 말자는 건 아니고 내 느낌이 그렇다는 거야. 그런데 한 겸이 네가 아이디어를 내면 생각지도 못한 게 나올 수도 있으니까 그걸 생각하면 꼭 반대하는 건 아니고."

"음, 알겠어요. 둘은 어때?"

수정도 확신이 서지 않는다는 표정이었다.

"피부색으로 크게 백인, 흑인, 황인으로 나누자는 건 내가 봐도 너무 단순한 느낌이야. 다른 걸 더하면 또 얘기가 달라질 거같긴 한데."

"문화권에 따른 분류 정도? 그럼 너무 방대해지는 느낌이잖아. 광고라는 게 내용을 강렬하게 압축해서 보는 사람으로 하여금 쉽게 받아들일 수 있게 해야 되는데."

"그렇긴 하지. 아무튼 나도 종훈 오빠랑 비슷한 의견이야."

한겸은 범찬을 봤다. 가장 헛소리를 많이 하지만, 가장 많은 도움을 받았던 만큼 이번에도 기대가 되었다.

"그런데 몇 초짜리 광고 만들려고? 캠페인 광고 하려면 포스터가 아닌 이상 30초는 찍어야 되잖아."

"그렇지."

"그럼 인종차별 하지 말자는 내용으로 30초 채우려면 엄청 빡세겠는데? 지루하지 않은 구성을 짜려면 머리 터지지 않을까? 결국 하려는 말은 인종차별 하지 말자는 것일 테니까 금방 눈 돌릴 거 같은데?"

"음. 너도 반대야?"

"찬성 반대로 나누기는 애매해. 이걸 재진 형님이 간 UN에서 진행하면 무조건 찬성이지. 국제연합인데 예산을 얼마나 많이 잡아주겠어. 장난 아닐걸? 단번에 아파트 살 수도 있지 않을까?"

범찬은 주머니 채울 생각으로 웃었고, 한겸은 어이가 없다는 듯 고개를 돌렸다.

범찬에게 세세한 얘기를 해줄까 하다가 이내 또 반대한다는 의견을 듣게 될까 봐 입을 다물었다. 그래도 어느 정도 도움이 되긴 했다. 그때, 수정이 한심하다는 듯 한숨을 뱉으며 말했다.

"최범찬 너는 진짜 멍청한 건지 멍청한 척하는 건지."

"내가 뭐!"

"UN이 국제연합인데 얼마나 많은 기구가 있겠냐. 기다려 봐."

수정은 휴대폰으로 잠시 검색을 하더니 다시 입을 열었다.

"인종차별에 관한 거면 유엔인종차별철폐위원회네. 생판 처음 들어보지? 내가 아는 것만 해도 국제 법원도 있고 안전, 경제, 사회 이런 것들부터, 거기서 또 세부적인 부서들이 얼마나 많은데. 그리고 홍보 예산을 나눠 쓰는 걸 텐데 우리한테 많이 주겠냐?

예산도 얼마 안 될 게 뻔하지. 각 나라에서 분담금 받아서 유지하는 곳인데."

"넌 뭘 모르네. 무조건 잘 만들면 돼! 무조건 쓸 수밖에 없도록 만들면 되잖아."

"모르긴 네가 더 모르지. UN 하면 어떤 평화, 난민, 봉사, 이런 느낌 안 들어?"

범찬이 이해를 했는지 입을 다물고는 가장 먼저 의견을 꺼낸한겸을 괜히 노려봤다. 한겸은 피식 웃고는 입을 열었다.

"넌 왜 그렇게 돈에 목을 매."

"아파트 사야지! 사람이 꿈이 있어야 돼. 그래야지 동기부여도 되고 열심히 하게 된다. 야, 저기 봐. 저기 저 차. 벤틀리 보이지?"

고개를 돌려 보니 바로 옆에 비싸 보이는 외제 차가 지나가고 있었다.

"콘티넨탈 GT! 저거 타는 사람은 저걸 어떻게 샀겠냐? 그만큼 스스로 동기부여를 했으니까 꿈을 이뤄서 사는 거 아니야. 나도 아파트 사면 저런 차 한 대 뽑아야지."

한겸은 가볍게 웃었다. 동기를 부여하는 기준이 저마다 다르기에 범찬의 생각을 비하하고 싶은 생각은 없었다. 그때, 운전하던 종훈이 긴장한 듯 입을 열었다.

"어우 씨, 왜 우리 앞으로 오냐."
"조심해요. 저거 받으면 겸쓰는 몰라도 우리는 큰일 나요."
"쟤도 JD 손해보험 주차장 들어가는 건가? 내비 보니까 주차장 가려면 골목길 들어가서 저 뒤쪽으로 들어가라는 거 같은데, 쟤도 같이 가는 거 아니겠지?"

마침 신호가 떨어졌고, 차가 출발했다. 길이 좁다 보니 종훈은 방어운전을 하려는지 앞 차와 거리를 둔 채 뒤따랐다. 한겸은 피식 웃으며 말했다.

"그냥 지킬 것만 지키면 겁낼 필요 없잖아요."
"아는데 그래도 부담스럽잖아. 어, 쟤도 주차장 가려나 보다. 어? 어?"

그때, 종훈이 갑자기 브레이크를 밟더니 안타까워하는 표정으로 전방을 주시했다.

"와… 조금 기다리지."
"사고 났어요?"
"어, 벤틀리가 주차장 들어가려고 서 있는데 전동 스쿠터가 들이박았네. 아저씨처럼 보이는데 조금 기다렸다 가시지."

앞을 보자 크게 다치진 않은 모양이었다. 다만 장애인 전동 스쿠터에 타고 있던 사람이 무척 놀란 표정으로 어쩔 줄 몰라 하고 있었다.

그러고는 전동 스쿠터에서 내렸다. 그런데 몸이 조금 불편한지 다리를 절고 있었다. 그 모습을 보던 종훈은 인상을 찡그리며 말했다.

"어우… 자기가 박아놓고 보험금 타려고 그러는 거 아니겠지?"

"설마요."

"진짜 저런 사람들 많아. 저러면 자기만 손해인데. 과실에 따라 다르겠지만 수리비만 최소 몇백에서 많게는 몇천까지 깨질 텐데 안 다쳤으면 그냥 가지."

"아저씨 표정 보면 그런 건 아닌 거 같은데요? 자기가 들이박은 걸 아는 거 같아 보여요."

그때, 외제 차에서 40대 정도로 보이는 운전자가 내렸다.

*   *   *

운전자가 내리는 걸 본 범찬은 안타까워하는 표정으로 차에서 내리려 했다.

"저길 왜 가려고 그래."

"왜라니! 저 모습 봐라. 혹시 다쳤을 수도 있잖아. 나이도 많아 보이는데 도와드려야지."

"저 아저씨가 박았잖아."

"그러니까 내려야지. 아저씨가 막 우기면 그러지 말라고 해줘야지. 뭣도 모르고 보험금 타내려다가 독박 쓸 수 있잖아. 그리고 혹시 벤틀리 차주가 막 인성질 하면 그거 찍어서 확보도 해놔야지."

"인성하고는. 그냥 구경 가고 싶어서 그러잖아."

"아닌데? 일단 가보자."

범찬은 바쁘게 차에서 내리더니 앞쪽으로 갔고, 한겸은 혹시라도 사고를 칠 수 있다는 생각에 서둘러 범찬에게 향했다. 그때, 외제 차에서 내린 운전자가 전동 스쿠터 운전자에게 다가가는 모습이 보였다. 그런데 상황이 범찬의 예상과 다르게 흘러가고 있었다.

"괜찮으세요? 다친 곳은 없으세요?"

"아… 죄송합니다."

"휴, 갑자기 들어와서 놀랐어요. 그래도 다친 곳 없으니까 다행이네요."

"진짜 죄송합니다. 정말 죄송해요. 제가 어떻게 해야 할까요……."

비싼 외제 차 주인은 전동차와 부딪힌 뒷문을 한번 보고는 쓱

쓸한 미소를 지었다.

그러고는 잠시 고민을 하는 듯하더니 당황해하는 전동차 운전자를 보며 말했다.

"휴, 살짝 긁히긴 했네요. 그보다 정말 다친 곳은 없으세요? 다리 불편하신 거 같은데 정말 괜찮으세요?"

"다리는 원래 아팠던 겁니다. 딸내미가 이걸 사준 건데 타본 지가 얼마 안 돼서 그랬습니다. 제가 수리비는 드리겠습니다."

그때, JD 손해보험 건물의 경비원으로 보이는 사람 두 명이 뛰어나왔다.

두 명 중 나이가 많아 보이는 사람이 안절부절못하는 표정으로 외제 차 차주에게 고개를 숙였다.

"대표님, 괜찮으십니까?"

"네, 괜찮아요."

경비원은 곧바로 무전기로 상황을 알렸고, 경비원 두 사람 중 젊은 사람은 전동차 운전자를 부축했다.

그때, 나이 많은 경비원이 상황 보고를 마쳤는지 전동차 운전자에게 다가왔다.

"어휴, 저기 이봐요. 운전을 어떻게 하는 겁니까."

"죄송합니다."

"보아하니 몸도 불편한 분 같은데 왜 이런 걸 타고 다니세요! 그리고 차가 들어오는 걸 봤으면 멈추든가 해야죠."

전동차 운전자를 부축하고 있던 젊어 보이는 경비원은 씁쓸한 표정으로 나무라는 경비원을 말렸다.

"과장님, 그만하시죠."

"넌 인마, 조용하게 있어. 대표님 사고 나셨는데."

전동차 운전자는 그저 땅이 꺼져라 한숨만 뱉고 있었다. 그때, 외제 차 주인이 경비원을 가로막으며 말했다.

"몸이 불편하니까 이 환자용 스쿠터를 타고 다니는 겁니다. 그리고 몸이 불편하면 하면 안 되는 일이라도 정해져 있습니까?"

"아… 아닙니다."

"말조심하셔야겠습니다. 그리고 사고가 났는데 순서가 틀린 것 같군요."

"아! 죄송합니다."

그 모습을 본 한겸은 예전에 우범에게 들었던 말이 순간 떠올랐다. 그러고는 흥미로운 표정으로 지켜봤다. 그때, 옆에서 범찬이 눈을 반짝거리며 말했다.

"대표래? JD 손해보험 대표?"

"그런 거 같은데?"

"뭔 대표가 운전기사도 없어?"

"우리 아버지도 평소에는 직접 운전하시고 다녀."

"우리 아버지도 멋있긴 하지! 그런데 진짜 대표였구나. 와… 멋있다. 그래서 저렇게 행동에서 품격이 느껴지는 거구나. 그런데 생각보다 젊은데? 우리 대표님하고 비슷해 보이는데 이렇게 큰 회사 대표도 할 수 있네."

보험회사라면 변화가 느린 조직이지만, 최근 들어 인슈어테크나 빅데이터 등 새로운 디지털 환경의 중요성이 커지면서 보험회사 대표들의 평균 연령대도 어려지고 있었다. 그렇기에 대표라는 것은 의심되지 않았다.

그저 보험회사의 대표라는 자리 때문에 보는 눈들을 의식해서 하는 행동인지, 아니면 진심에서 우러나서 하는 행동인지가 궁금했다. 그때, JD 손해보험 대표가 전동 스쿠터 운전자 옆으로 가더니 부축하며 말했다.

"정말 괜찮으세요?"

"네… 수리비는 어떻게……"

"사람이 먼저지 차가 먼저입니까? 진짜 구급차 안 불러도 돼요?"

"전 괜찮은데……"

"그럼 됐어요. 살짝 부딪힌 거 같은데 안 다쳤으면 됐어요. 스쿠터도 괜찮은가요?"

사고를 낸 남자는 스쿠터를 한번 살펴봤다.

"스쿠터는 괜찮은 거 같습니다."
"다행이네요. 혹시 병원 가야 될 거 같으면 지금 말씀하시고요."
"진짜 괜찮습니다. 다리는 전에 사고로 다친 겁니다."
"그렇군요. 그럼 없던 일로 해도 되겠습니까?"
"네? 정말요?"
"네, 다음부터는 이런 일 없도록 서로 안전 운전 하자고요. 선생님도 바쁘실 텐데 전 이만 가보도록 할게요."

외제 차 차주는 전동차 운전자를 일으켜 세우고는 가볍게 고개를 숙여 인사를 했다.
끝까지 예의 바른 모습을 보이고는 곧바로 차에 올라타고 주차장으로 들어갔다.

범찬은 놀랍다는 듯 입을 벌린 채 그 광경을 쳐다보고 있었고, 한겸은 지금 본 광경에서 영감을 얻었는지 무척이나 환하게 웃고 있었다. 그때, 종훈이 클랙슨을 누르더니 고개를 내밀었다.

"빨리 타! 뒤에 차 온다!"

서둘러 차에 올라타자마자 범찬은 목격담을 쏟아냈다.

"봤어? 와, 진짜… 대표라는 사람 대박이다. 돈 있는 사람들에 대한 내 편견이 다 깨졌어."

"그냥 가라고 그랬어?"

"어! 방수정 너라면 그럴 수 있겠냐? 슈퍼 대인배야! 우리 당장 JD 손해보험에 가입하자."

"또 미친 소리 하네."

"진짜 너무 있어 보인다. 뭐라는 줄 알아? 사람이 먼저지 차가 먼저냐고 그러더라. 그 친절한 미소나 행동 하나하나에 여유가 넘쳐. 아마 전생에 귀족이었을 거야. 역시 사람은 돈이 있어야 돼. Money, Maketh, Man이라고 알지? 나도 돈 벌면 저렇게 다 녀야지."

"매너 아니냐? 그래도 요즘 세상에 보기 드물긴 하네."

"겁나 훈훈해. 겸쓰 때문에 쌓이던 짜증이 다 녹아내린 기분이야. 내가 부자 되면 반드시 저렇게 한다."

"참 잘도 네가 그렇게 하겠다. 그런데 김한겸, 너는 또 왜 그래."

"겸쓰도 앞으로 저런 행동 가짐을 보여야겠다 그런 다짐 하는 거겠지."

그사이 주차를 마쳤고, 다들 내리려 했음에도 한겸은 휴대폰에 무언가를 적고 있었다.

"겸쓰, 안 내려? 우리 지금 여기 다 있는데 누구랑 톡 하냐?"
"잠깐만."

한겸은 계속해서 휴대폰에 메모를 작성했다. 잠시 뒤, 메모를
마쳤는지 한겸이 세 사람을 향해 말을 했다.

"잘 들어봐. 흑인, 백인, 황인, 회사 대표, 회사 직원, 그리고 의
사와 환자……."
"잠깐, 뭘 말하려는 건데."
"일단 들어봐. 그리고 목사, 스님 중에 있을 수도 있고 가게 주
인과 손님, 그리고 노인과 갓난아기도 있을 수 있어."
"스무고개 하냐? 있긴 뭐가 있어."

범찬의 지적에도 한겸은 꿋꿋이 메모해 놓은 내용을 전부 말
했다.

"일단은 당장 생각나는 대로 적은 거야. 그리고 종훈이 형, 수
정이, 범찬이한테도 생길 수 있어."

세 사람은 서로의 얼굴을 쳐다봤다. 한겸이 이렇게 말을 하는
이유가 있을 것이었다. 다들 한겸이 했던 말들을 다시 되새겼다.
그중 종훈이 고개를 갸웃거리며 말했다.

"어려운데……? 주인과 손님, 스님과 신부, 목사 이런 거 보면 반대되는 의미를 말하는 건가?"

"오빠, 그건 아니죠. 처음에 인종 얘기했잖아요. 그리고 마지막에는 우리까지 넣었고."

"그렇네."

팀원들이 생각하는 와중에도 한겸은 휴대폰을 만지작거리고 있었다. 그러자 범찬이 조용히 한겸의 뒤로 가더니 휴대폰을 봤다.

"우리한테 퀴즈 내고 넌 지금 뭐 하냐? 파이온 번역기는 왜 돌리고 있는 건데?"

"단어 찾고 있지."

"지금? 여기서? 갑자기?"

한겸은 웃으며 다시 세 사람을 향해 말했다.

"내가 말한 것들이 대립되는 의미인 건 맞아. 그런데 공통점은 없어. 그 사람들도 생길 수 있다는 거지."

"뭘 생겨?"

"장애."

"이 미친놈아! 뭔 재수 없는 소리를 그렇게 심각하게 해. 내가 장애가 왜 생겨."

"사람 앞날은 모르는 거다."

"아! 재수 없게 그딴 말을 해."

"봐, 너만 봐도 장애가 생기면 싫지? 사람들 인식이 그렇단 말이야. 장애가 있든 없든 사람 자체는 변하지 않는데."

범찬은 어이가 없다는 표정으로 한겸을 봤다.

"뭘 보고 그런 생각이 나왔냐?"

"아까 JD 대표가 그랬잖아. 몸이 불편하다고 제약이 생기는 건 아니라고."

"그랬냐?"

"비슷하게 말했어. 듣고 보니까 그런 거 같더라고. 그리고 비슷한 말을 들은 적도 있었거든."

"누구한테?"

"대표님한테."

"우리 대표님이 그랬었어?"

"정확히 말하면 우리 아버지가 한 거지만."

"우리 아버지가?"

한겸은 피식 웃었고, 가만히 생각하던 수정은 알았다는 듯이 입을 열었다.

" '장애가 있든 없든 같은 사람이다' 라는 주제로 옴니버스 형식처럼 만들자는 거네."

"응, 정확해."

종훈과 범찬도 그제야 알았다는 듯 다시 한겸이 말한 내용을 생각했다. 그러던 중 범찬이 고개를 갸웃거리며 말했다.

"이거 만들어서 어디에 주려고?"

"그거 생각해야 돼. 아무래도 해외는 힘들 거 같고 장애인협회나 인권위원회 그런 곳을 공략하면 될 거 같은데? 뭐, 한국관광공사도 되려나? 아무튼 국가 광고는 샤인에서 담당하니까 샤인하고 얘기하면 돼."

"이거 들고? 이게 한국관광공사랑 무슨 상관이냐?"

"상관있게 만들어야지. 예를 들어, 우리나라가 뭐야."

"한국이지."

한겸은 어이없다는 듯 범찬을 쳐다보고 나서 다시 설명했다.

"IT 강국이잖아. 그걸 강조하는 거지. 각 세계의 유색인종들과 인터넷을 통해 하나로 연결되면서 IT 강국이라는 걸 보여줌으로써 한국에 대해 홍보를 하는 거지. 장애가 있더라도 인터넷은 가능하잖아."

"그럴싸한데… 잠깐, 그러면 의사나 환자는 뭔데!"

"그건 한국의 의료 체계가 선진국 수준이니까 그걸 보여주는 거고."

"오……."

"꼭 관광지를 보여줘야지만 홍보고 다른 나라를 대상으로 해야지 홍보가 아니잖아. 우리나라 국민들에게 알려주는 것도 홍보라고 보거든. 그와 동시에 우리나라 사람들한테도 장애가 있든 없든 모두가 같은 사람이라는 메시지를 보여주는 거야."

한겸은 약간 상기된 표정으로 말을 이었다.

"화면 분할해서 각각 다른 배경을 넣어 긴장감을 주는 거야. 그래서 집중을 시킨 후에 화면이 하나로 합쳐지면서 같은 배경이 나오고 긴장감 대신 훈훈함을 주는 거지. 긴장감을 완화시키면서 집중할 수 있잖아. 그리고 무엇보다 옴니버스 형식이라서 한 번에 길게 가지 않고 짧은 영상들이 이어지는 거니까 훨씬 집중도가 높아지지."

"분트 광고 처음 만들 때 5초씩 나눴던 것처럼?"

"응, 바로 그거야. 조금 더 세부적으로 다듬으면 괜찮을 거 같거든."

"그런데 듣다 보니까 아까 통일 얘기하던 거랑 이것저것 짬뽕한 거 같은데? 뭐 아무튼 이거 만들어서 칸 라이언즈에 출품할 수 있냐?"

"있지. 당연히 가능하지."

한겸이 세 사람의 대답을 기다릴 때, 종훈이 조심스럽게 입을 열었다.

"괜찮은 거 같긴 한데 조합하기가 어려워 보이기도 하고. 스토리를 짜는 게 어려울 것 같다. 아무튼 한겸이 네가 결정한 거 같은데 해보는 것도 괜찮을 거 같아. 그럼 다시 시동 켤까?"

"아니요. JD 손해보험 가보려고요."

"응? 이미 정한 거 아니야?"

"그렇긴 한데 제 생각대로 하려면 진짜 모델이 엄청 많이 필요할 거 같거든요. 그래서 모델 알아보러 가려고요."

"JD 손해보험에?"

한겸이 씨익 웃자 범찬은 그제야 알아차렸다는 듯이 입을 쩌억 벌렸다.

"너 아까 그 대표 만나러 가자는 거냐? 그래서 회사 대표와 직원 얘기도 나온 거고?"

"네 말대로 사람이 멋있어 보이더라고."

"미쳤구나. 너, 우리 사무실 프로님들 욕 먹이고 싶지? 기껏 미팅 잡아줬더니 갑자기 대표 만나자고 하면 우리를 제정신으로 보겠냐?"

"욕을 왜 먹어? 그리고 지금 대표를 꼭 만나는 건 아니고 어떤 사람인지 알아보자는 거지. 뭐 당장 만나자는 건 아니고, 직원들한테 어떤 사람인지 알아보려고."

범찬은 어이가 없다는 표정으로 차에서 내리려는 한결의 팔을 잡았다.

　"너 진짜 큰 보험회사 대표가 모델 하란다고 할 거라고 생각하는 건 아니지?"

　"맞는데?"

　"미쳤다고 대표가 모델 하냐?"

　"회사 알릴 좋은 기회잖아. 물론 JD 이름을 넣을 생각은 아니지만 대표 얼굴은 파이온에만 검색해도 나올걸. 그럼 사람들은 JD 손해보험이라는 걸 알 거 아니야."

　"그런다고 하겠냐? 대표인데?"

　"보험회사는 사람을 대상으로 하는 장사인데 우리가 만들려는 광고 내용이 장애에 대해 차별 없는 그런 내용도 담겨 있잖아. 광고를 국가에서 주도해서 내보내는데 안 할까? 회사 아끼는 사람이라면 할 거 같은데."

　"그럼 우리 아버지도 있잖아!"

　"너희 아버지?"

　"아니! 우리 아버지! 분트에 계신 우리 아버지."

　"왜 우리 아버지야, 내 아버지지. 우리 아버지도 괜찮을 거 같긴 한데 같이 일하기는 어렵지. 모델로 해야 되는데. 그리고 아버지한테는 완성된 걸 보여 드리고 싶어."

　"하긴 아버지를 모델로 하기가 좀 그렇지?"

　"아까 그 대표가 적당해 보여. 네가 말한 것처럼 행동에 품격이 느껴지잖아. 내가 보기에도 멋있어 보여서 잘 나올 것 같거든."

"어휴, 난 모르겠다."

한겸은 이미 성공했다는 듯 신난 얼굴로 차에서 내렸고, 세 사람은 서로의 얼굴을 쳐다봤다.

"겸쓰가 말한 사람들 전부 찾으려면 1년도 부족할 거 같지 않아요?"
"나도 좀 겁난다."
"오빠, 갑자기 시동은 왜 걸어요. 둘 다 빨리 내려. 김한겸 혼자 여기저기 들쑤시고 다니기 전에!"

＊　　　＊　　　＊

JD 손해보험의 홍보실장은 며칠 전 C AD에서 미팅을 하고 싶다는 연락을 받았다. 이미 다른 곳에서 광고를 제작해 내보내고 있는 상태였지만, C AD의 이름을 듣는 순간 혹할 수밖에 없었다.

두립의 DIO만 하더라도 지금까지 내보낸 광고 중 가장 잘만든 광고라며 찬사를 받고 있었다.

그러다 보니 사람들은 판매량은 물론이고 DIO의 홍보 팀마저 칭찬을 받고 있었다. 물론 제작은 C AD에서 맡았지만 대중들은 누가 만들었냐가 중요하지 않았다. 광고에 보이는 회사를 볼 뿐이었다.

하지만 마케팅이나 홍보 업무를 보는 사람들은 달랐다.

C AD의 행보는 굉장했다. 그렇기에 다음 광고 입찰에 초대할 광고대행사 중 1순위는 단연 C AD였다. 보험업계의 경쟁이 치열한 상태에서 C AD가 먼저 연락을 해와 내심 기대하고 있었다.

앞에 앉은 사람들을 처음 마주했을 땐 굉장히 젊어 보여 내심 놀랐다. 하지만 그동안 보여준 것이 있었기에 나이는 문제가 되지 않았다. 다만 김한겸이라고 자신을 소개한 사람의 질문이 이상했다. 준비한 자료를 열심히 보는 것 같다가도 전혀 예상할 수 없는 질문을 했다. 지금도 그 질문이 계속되고 있었다.

"한상운 대표님이 취임하신 지가 이제 1년 조금 넘었다는 거죠?"

"네, 맞습니다."

"한 대표님이 취임하시고 그동안 진행한 거는 상당히 많은데 큰 성과는 없이 현상 유지네요."

"보험업계에서 현상 유지만큼 어려운 것도 없습니다."

"그렇군요. 시차익이란 게 작년에 비해 많이 늘었네요."

"아! 그게 대표님이 오시자마자 진행하신 겁니다. 건강보험공단에서 5대 암 검진할 때 10%는 수검자가 부담하는 거거든요. 그런데 이번에 저희는 그 10%를 청구하면 보험금이 지급됩니다."

"그건 잘 몰라서요."

"다들 그 부분은 잘 모르시죠. 아무튼 그게 보험회사 입장에서는 큰 결심을 한 거죠. 처음에는 다들 반발이 엄청났거든요. 다른 손해보험회사들은 진행 안 하는 건데 저희만 하니까요. 그런데 하고 나니까 얘기가 달라지더라고요."

"어떻게요?"

"암 쪽에서 지급해야 되는 보험금은 늘었는데 사망보험금은 확 줄어버렸어요. 그만큼 시차익이 생기더라고요."

"오… 미리 예방한 거구나. 다른 회사들은 안 하는 거죠?"

"그렇죠. 검사하다 간단한 용종 제거 수술 같은 거는 실손으로 처리되는데 건강검진비 전체를 보험회사에서 지급하진 않죠. 그런데 이 부분이 광고하고 무슨 관계가 있나요? 이런 걸로 광고하기는 조금 어렵지 않나요?"

끝없는 경쟁을 하기 위해 선보인 상품이었고, 나름 성공적으로 진행되고 있었기에 자신 있게 설명했다. 하지만 그 부분으로 홍보를 하기에는 애매했다.

게다가 질문들의 방향이 전부 대표를 향해 있었다. 하지만 C AD라면 계획이 있을 거란 생각에 홍보실장은 성실히 답했다.

"대표님은 어떤 분이세요?"

"저도 일 얘기 말고는 따로 얘기를 해본 적은 없죠."

"전에 계시던 대표님들하고 다른 점은요?"

"다른 점이라… 아! 보험이라는 게 밖에서 보면 그렇게 차이를 못 느끼죠. 저희가 뭐 새로운 걸 내놔도 다른 회사들도 바로 따라 하니까."

"내부적으로는요? 사내 문화라든가 그런 부분에서 바뀐 건 있나요?"

"그건 있죠. 생각해 보면 진짜 많이 바뀌었네요. 콜센터 계약직원들하고 영업 사원들 처우가 진짜 많이 바뀌었어요. 콜센터 계약직은 연차에 따라 정규직으로 바로 전환되기도 하고……."

홍보실장은 계속해서 설명을 이어나갔다. 그다지 중요한 내용이 아니었음에도 한겸은 말을 끊지 않고 메모까지 하며 얘기를 들었다. 잠시 뒤, 홍보실장의 입에서 한겸이 원하던 내용이 나왔다.

"그리고 정년 퇴임 하는 분들 행사까지 해주기도 하고. 아! 가장 마음에 드는 게 있네요. 뭐 저는 해당 사항이 없지만 6시만 되면 각자 컴퓨터에 '지금은 업무 시간이 아닙니다' 라고 메시지가 올라와요. 그래서 일 없으면 눈치 보지 않고 퇴근하고 그러죠. 아, 두 번째 주 금요일은 스마트 워킹 데이라고 한 시간 일찍 퇴근하고요. 원래대로라면 상사들 눈치 보고 그러는데 지금은 그런 거 많이 사라졌죠. 대표님도 6시 되면 딱 퇴근하시거든요. 나가셨다가도 일찍 퇴근하실 수 있는데 꼭 회사 들어왔다가 퇴근하세요."

"매일 나오세요?"

"생각해 보니까 그것도 이상하구나. 저희처럼 출근하시고 시간에 맞춰서 퇴근하시고 그래요. 그리고 가끔은 퇴근하시다가 둘러보면서 퇴근 안 한 사람들한테 왜 퇴근 안 하냐고 물어보기도 하고 그래요."

한겸은 만족스러운 듯 웃었다. 얘기들을 종합해 보면 JD 손해보험의 발전에도 신경을 쓰면서 직원들의 환경에도 관심을 갖고 있었다. 수평적인 사내 문화를 만들기 위해 지켜야 할 규칙을 만든 것 같았다.

"수평적인 사내 문화 만들려고 그러시는 건가요?"
"네, 맞습니다. 그래서 먼저 직원들한테도 찾아가시는 거 같은데, 그래도 대표라는 걸 뻔히 아는데 수평적으로 대하기가 어디 쉽나요. 그래도 예전에 있던 대표님들하고는 조금 달라 보이긴 하죠. 나이도 조금 젊으셔서 그런지 대표라는 위치보다는 다른 부서 상사 느낌이랄까? 그래도 직원들한테 계속해서 먼저 손을 내미니까 처음보다는 많이 나아졌죠."

메모를 하던 한겸은 웃으며 고개를 끄덕거렸다. 그러고는 무언가가 떠올랐다는 듯 옆에 있던 팀원들을 쳐다봤다.

*   *   *

한겸은 그동안 외근을 하느라 며칠 만에 회사에 출근했다. 다들 오랜만에 봐서인지, 한겸이 없는 동안 진행된 일들을 보고받는 데만 오전을 보냈다. 딱히 보고를 받을 필요는 없었지만, 기획 팀의 신입들이 불안해했기에 어쩔 수 없이 보고를 받아야 했다.

"바쁘신데 감사해요. 그런데 김 프로님은 어디서 그렇게 아이디어를 얻으세요?"

"음… 그냥 계속 생각하는 거죠."

"그래도 다른 방법이 있으실 거 아니에요."

"예전에는 책을 진짜 많이 읽었고요. 다른 광고들도 진짜 많이 봤어요."

"다른 회사에서 만든 광고 보면 좀 그렇지 않을까요? 저도 모르게 따라 할 수도 있을 거 같고 그래서 전 안 보게 되던데."

"당연히 봐야죠. 광고 쪽 일이 트렌드에 민감해서 계속 변하는데, 어떻게 변하고 있는지는 알고 있어야 하잖아요."

"아, 그렇구나… 다른 회사 광고들도 좀 보면서 참고해야겠네요."

신입 팀원들에게 조언을 하다 보니 오후가 되어버렸다. 한겸은 점심을 먹는 둥 마는 둥 하고는 곧바로 범찬과 수정, 종훈을 불러 모았다.

"이거 내가 어제 그려본 건데 한번 봐봐."

"겸쓰, 넌 진짜 그림 연습 좀 해라. 이렇게 선으로 사람 그리는 건 초딩들도 안 해."

"급하게 그리느라고 그랬어."

팀원들은 한겸이 내민 종이를 유심히 쳐다봤다. 동그라미에 선으로 팔다리를 그어놓은 그림이지만 어제 한겸에게 들은 덕분인지 어떤 말을 하려는 건지 알 것 같았다. 각자 어떤 그림이 나올까 상상을 하는지 말이 없었다. 그러던 중 수정이 입을 열었다.

"가장 왼쪽 칸이 저번에 봤던 그 대표고, 오른쪽은 직원? 그리고 가운데는 누군데?"

"환자 또는 장애인."

"네가 어제 말한 대로 칸을 나눠서 대립되는 것처럼, 수직적인 관계를 통해서 긴장감을 주는 거네. 그리고 다른 배경으로 시작된 영상이 마지막에는 같은 배경으로 모이는 거고."

"맞아. 아직은 대표가 어떤 사람인지 모르지만 내 그림에서는 부하 직원과 편한 모습을 보여주면서 긴장감을 완화시키는 거지. 그러면서 환자나 장애인 모델에게 설명하는 모습?"

"그건 좀 이상한데? 차라리 사고 처리 같은 거 하고 만나는 게 낫지."

"그것도 좋고. 장애인에 대해 얘기하면서, 한국에는 고객을 생각하는 기업들이 많다는 걸 보여주려고."

가만히 듣던 범찬은 불안한 표정으로 한겸을 봤다.

"다 좋은데 그 대표를 섭외하는 게 문제네. 왜 하필이면 대표냐. 그냥 부장급으로 해도 되잖아."

"임팩트가 셀 거 같잖아. 그리고 저번에 봤을 때 보면 장애인을 진심으로 위한다는 게 보였거든."

"아오… 지금 너 보면 무조건 섭외할 생각 같은데?"

"덜컥 섭외부터 할 순 없으니까 일단 다른 것들 구상부터 해 보고. 그래서 지금부터 그 부분에 대해 얘기해 보자. 구상해 보고 안 되면 다른 걸 찾아야 되니까."

이제 제대로 된 시작이었다. 지금 한겸이 말한 것만 해도 고난이 예상되는데 그것만으로 끝나는 것이 아니었다. 아직 상당히 많은 것들이 남아 있었기에 팀원들은 칸 라이언즈 출품 기간에 맞출 수 있을까 걱정된 마음으로 재빨리 머리를 모았다.

"겸쓰, 다음 것도 줘봐."

"다음 거? 그런 거 없는데? 그건 그게 끝이야."

"그러니까 다른 기획 있잖아. 인종도 있고, 목사 얘기도 하고 그랬잖아."

"그건 그냥 예시고. 나머지는 지금부터 생각해야 돼."

"아… 그런 거냐?"

"일단 피부색에 상관없이 모두가 같은 사람이라는 건 꼭 넣어야 될 거 같아. 색감이나 구도가 가장 어필이 잘될 거 같거든."

"전부 장애 있는 사람들로?"

"그건 아니야. 어차피 보여주려는 건 인종에 상관없다는 것과 장애가 있어도 상관없다는 거니까 한 명만 있어도 돼."

"와! 지금 나 소름! 그 JD 손해보험 대표 섭외하는 건 문제도 아니네! 이게 더 미쳤어. 너 해외에 있는 모델들 섭외할 거지!"

한겸은 아직 구상을 한 것이 아무것도 없었기에 대답 없이 웃었다. 하지만 필요하다면 해외를 돌아다녀서라도 모델을 찾을 생각이었다.

"일단 구상부터 해보자."

"왜 대답 안 하냐?"

"모델을 찾아야 되면 찾는 거고."

"와… 혹시라도 해외 유명 연예인은 생각도 하지 마라."

"나도 알아."

"와, 양심 없다. 뭘 그렇게 아쉬워해."

범찬의 당황스러운 표정을 본 종훈이 질문을 했다.

"왜? 해외 스타면 자료도 많으니까 합성하기 쉬울 거잖아."

"그건 우리들이 하면 되는 문제고요! 예산도 얼마 안 될 거 같다면서요. 그런데 해외 스타 모델 섭외하면, 뭐 어디? 관광공사 같은 데에서 모델비를 줄 수 있냐가 문제죠. 광고 예산 세금으로 제작하는 건데 딱 봐도 욕먹을 짓이잖아요. 나 같아도 안 해주죠. 그러면 기껏 고생해서 찾아냈는데 새로 찾아야 될 수도 있어요."

"아… 그렇게 되면 한겹이가 직접 찾아갈 수도 있겠구나……."

"미국 같은 데 가서 스타들한테 마구잡이로 막 달려들다가 경호원한테 총 맞는 거죠!"

한겹은 피식 웃었고, 수정은 범찬을 보며 고개를 저었다.

"그러니까 그렇게 안 되게 구상을 하자는 거잖아. 내 생각은, 인터넷으로 하는 거니까 파이온 링크나 초콜릿톡을 이용하는 건 어때? 이번에 둘 다 다중 영상통화 가능한 어플 내놓았잖아."

그 말을 듣던 종훈이 갑자기 손을 번쩍 들었다.

"마리아톡으로 하면 되잖아."

"오빠, 마리아톡은 영상통화가 안 돼요. 우리 광고 찍는다고 개발하라고 할 순 없잖아요."

"아, 그러네."

"해외 인지도를 보면 파이온이 가장 좋긴 해. 파이온으로 하면 파이온에서 예산 보탤 수도 있을 거고."

한겸도 수정의 생각과 같았지만 약간은 부족한 느낌이었다. 그때, 범찬이 수정을 향해 손가락을 좌우로 흔들었다.

"해외 여럿이서 화상통화 하면서 무슨 대화를 하냐?"

"한국으로 가자는 그런 내용이면 되잖아."

"너무 뜬금없잖아. 그리고 영화도 안 봤냐? 영화에서 화상통화 하면서 어디서 보자, 그러면 테러 모의하는 거 몰라? 잘못하다가 테러 예고 광고 될 수도 있는 거야."

"넌 진짜 미쳤어. 그럼 넌 뭔데."

"생각해 봐야지."

얘기를 듣던 한겸이 범찬을 보며 씨익 웃었다.

"일단 한국에 올 계획이 있는 사람들이 필요하겠네. 제작이 길면 1년이니까 음, 내년에 우리나라에서 열리는 국제 행사를 찾아보면 괜찮을 거 같은데."

"방수정, 겸쓰가 나보다 더 미친 거 같지? 국제 행사 알아보고 거기에 참석하는 인원 알아내서 모델 해달라고 그러고! 만약에 G20 정상회의 이런 거 우리나라에서 열리면 거기 참석하는 대통령들 섭외할 거냐?"

"하하, 그건 힘들지. 그러니까 알맞은 행사가 있는지 찾아야지. 기왕이면 수정이가 말한 것처럼 파이온 같은 대기업이 주최하는 행사면 좋고."

"예산 지원해 달라고 하게? 듣던 중 가장 좋은 아이디어야. 그래야지 우리도 돈을 벌지."

그때, 사무실 한쪽에서 머리를 맞대고 있는 신입 직원들의 입에서 감탄사가 들려왔다. 그쪽을 보니 다들 모여 모니터로 광고를 보고 있는 것 같았다.

지금 구상하는 것도 서둘러야 했지만, 무슨 광고를 보길래 저렇게 감탄을 하는 건지 궁금했던 한겸은 결국 자리에서 일어나 신입 팀원들에게 다가갔다.

*　　　　　*　　　　　*

신입 팀원들이 보던 모니터로 다가간 한겸은 곧바로 팔짱을 끼고 모니터를 뚫어져라 쳐다봤다. 처음에 봤을 때부터 계속 색이 보인 탓에 광고가 아닌 줄로만 알았다. 그런데 구성이 광고였고, 중간에 빨간색으로 보이는 부분이 나타나서야 광고인 줄 알아차렸다.

"겸쓰, 얘기하다 말고 뭘 보는 거야."

범찬의 말 때문에 모니터를 보던 신입 팀원들이 동시에 고개를 돌렸다.

광고에 빠져 한겸이 뒤에 있는 줄도 몰랐는지 깜짝 놀랐다. 그러고는 괜히 찔리는지 변명을 시작했다.

"광고 공부를 좀 하려고 보고 있었습니다."

"네, 괜찮아요."

"김 프로님이 다른 광고 많이 봐야 한다고 하셔서요."

"네, 괜찮다니까요."

한겸은 심각한 표정으로 모니터만 쳐다보며 대답했다. 그리고는 마우스까지 가져가더니 광고를 처음부터 다시 재생시켰다. 그때, 뒤에 있던 범찬이 한겸을 밀어내면서까지 모니터로 다가왔다.

"어! 이거 오픈했어? 다음 달에 오픈베타 시작한다고 그랬는데?"

"이거 뭔지 알아?"

"알지! IT 업계에 혁신적인 새바람을 불러일으킬 거야."

"이게 뭔데?"

"월드 오브 윈드잖아."

"그게 뭔데?"

"게임이잖아! 이거 그래픽 작살이네."

"아……."

게임을 즐겨 하는 편이 아니어도 광고 일을 하다 보면 게임 업계에서도 의뢰가 많이 들어오는 편이었기에 어느 정도 이름은 알고 있었다. 게임 광고라는 걸 알게 되자 한겸은 어이가 없었다.

어떤 회사에서 게임 광고를 이렇게까지 만든 건지 궁금했다.

그때, 범찬이 감탄사를 뱉으며 입을 열었다.

"이거 DooD가 말한 가상현실인가? 그래픽이 진짜 작살난 다."

DooD라는 게임 회사는 한겸도 잘 알고 있었다. 한국에서 가장 큰 게임 회사였기에 모를 수가 없었다.

"가상현실? 가상현실 게임이 가능해?"
"뭔 미친 소리야. 영화 봤냐? 여기 나오는 곳만 가상현실이라는 거지. 저기에도 쓰여 있네."

[실제 게임 배경을 토대로 만든 가상공간입니다.]

안내 문구가 조그맣게 적혀 있었고, 저 문구 때문인지 화면이 빨갛게 보였다.

"말장난해 놨네."
"원래 다 그렇잖아."

범찬은 무척 신이 난 표정으로 설명을 시작했다. 하지만 한겸은 게임에 대해서가 아니라 광고에 대해서 알고 싶었기에 범찬을 말을 끊어버렸다.

"그러니까 직업이 수백 개야! 자유도가 엄청나다는 거지. 게다가……"

"그러니까 진짜는 아니라며. 어디 회사에서 제작한 건지 모르지만, 진짜 잘 만들긴 했네."

"저거 진짜로 있을걸?"

"배경으로 만든 거라며."

"여기 나온 그래픽만 가상현실이라고. 아무리 시대가 발전했다고 해도 가상현실 게임은 아직 아니지."

"뭔 소리야. 그러니까 광고하려고 임의적으로 만든 거잖아."

"아니라니까? 저거 DooD에서 만들었을걸? 게임 오픈 전 서비스로 가상공간 만든 다음에 일부 유저들 추첨해서 가상공간 둘러볼 수 있게 해준다고 그랬어. 게임은 아니라 아쉽긴 해도 여행하는 기분은 느낄 수 있을 거 같아서 해보고 싶다. 이것만 해도 세계 최초야. 진짜 광고처럼 이렇게 보일지는 모르겠지만."

"그러니까 게임은 아니더라도 가상 체험으로 이런 공간에 들어갈 수 있다는 거야?"

"그렇다니까?"

"그럼 광고용으로 만든 그래픽이 아니라 실제로 이런 가상공간이 있다는 거야?"

"갑자기 왜 이렇게 관심이 많아. 해보고 싶냐? 그러면 게임부터 해서 추첨돼야 되는데 같이할까?"

한겸은 신기한 듯 모니터를 뚫어져라 봤다. 광고 전체에서 색이 보이는 것은 아니었지만, 굉장히 많은 부분에서 색이 보이고 있어서 궁금했다. 게다가 기존에 생각하던 광고에 도움이 될 것 같았다.

"이거 해볼 수 있을까?"

"모니터 봐. 저기에 다음 달에 오픈한다고 적혀 있네. 다음 달에 같이하자. 난 전사! 남자는 전사지!"

"아니, 게임 말고 가상공간 말이야. 유저들 언제 추첨한다고 그랬어?"

"잘은 모르겠는데? 언뜻 듣기로는 오픈하고 일정 조건 이상 달성한 사람들 중에 몇 명 추첨해서 가상현실 체험할 수 있게 해준다고 그랬는데, 지금은 어떻게 바뀌었는지 모르겠다."

그 정도만으로 충분했다. 한겸은 고개를 끄덕이고는 곧바로 팀원들을 쳐다봤다.

"수정아, 이 광고 만든 회사 알아봐 줘."

"왜? 우리 이거로 바꾸려고?"

"그건 아니고."

"그럼 뭔데? 지금 나오는 광고보다 더 좋게 만들 수 있을 거 같아서 그런 말 한 거 아니야?"

"그건 아니야. 이 광고 잘 만들었거든. 그냥 우리 광고 제작할 때 여기를 좀 사용하면 어떨까 해서."

"그럼 광고 회사가 아니라 게임 만든 DooD에 연락해야 되는 거 아니야?"

"거기도 가야지. 그래도 혹시나 광고 회사하고 괜히 부딪힐까 봐 그래."

"아, TX 때처럼. 알았어. 그런데 여길 우리 광고에 사용한다는 게 무슨 말이야?"

"여행만 가능하다고 해도 일단 가상 세계잖아. 그러니까 전 세계인이 몰려도 이상하지 않을 거 같거든. 이걸로 하면 첫 번째, 모여야 하는 이유가 생기고, 두 번째로는 IT 강국인 우리나라의 IT 실력을 보여줄 수 있을 거 같아. 게임도 IT잖아."

팀원들은 한겸의 의도를 알아차리고는 서둘러 자리로 돌아갔다. 하지만 범찬은 눈을 반짝거리며 한겸의 팔에 팔짱을 끼었다.

"겸쓰, DooD도 갈 거지?"

"가야지. 그 전에 행사 기간이랑 저 공간에 대해서 자세히 좀 알아봐."

"알았어. 내가 진짜 완벽하게 알아놓을게. 해외에서 서비스할 예정인지도 알아봐야 되지?"

"그렇긴 한데… 어쩐 일이야?"

"어쩐 일이기는! 대신 DooD 갈 때 다 같이 가는 거지?"

역시나 범찬은 혹시라도 떨어질 콩고물에 관심이 있었다. 그래도 여기서 게임에 대해서 가장 잘 알고 있는 이는 범찬이었기에 가장 적임자라고 한겸은 생각했다.

*   *   *

며칠 뒤. 한겸은 DooD에 향했다. DooD에 대한 조사는 광고를 처음 본 날 마친 상태였다.

하지만 DooD 측에서 미팅을 거절했기에 일주일 만에 겨우 미팅 약속을 잡았다. 그 때문에 미팅을 하러 DooD로 가는 중이었다.

"겸쓰, 걔네들은 도대체 왜 거절을 하는 거지?"

"오픈베타 한다고 바쁜가 보지."

"그래도 더 홍보할 수 있는 기회가 있다고 말했는데도 미팅 안 한다는 게 이상하잖아."

"광고가 확정된 게 아니니까 도박하기 싫은 거겠지. 그리고 따로 광고 회사를 낀 것도 아니잖아."

DooD는 광고를 전부 회사 내에서 직접 제작했고, 미디어랩사를 통해 광고를 게재하는 방식을 선택했다. 그래서 따로 광고 대행사가 필요 없다는 생각을 갖고 있었다.

"대행사 비용 얼마나 한다고. 쯧쯧. 게임 개발비가 2,100억? 거기서 조금만 떼서 광고하면 돈 더 번다는 걸 몰라."

"지금도 광고비 엄청 나갈 거야. 지상파부터 온라인까지 도배

되듯 내보내고 있는 거 보면 홍보비를 아끼는 건 아니야. 그냥 확정되지 않은 거에 투자할 여유가 없다는 거지."

"우리에 대해서 너무 모르네. 한번 정하면 직진인데!"

앞좌석에 있던 수정이 피식 웃더니 고개도 돌리지 않고 말했다.

"직진은 김한겸이 직진이지. 넌 자꾸 샛길로 빠지려고 하고."

"내가? 뭘 모르네. 난 지름길로 안내해 주는 역할이지!"

대화를 나누는 사이 DooD에 도착했다. 국내 최대 규모의 게임 회사답게 규모가 상당했다. 한겸과 일행은 차를 세워두고 약속 장소로 향했다. 로비에 미팅 약속을 잡았다고 알리고는 엘리베이터에 탔다.

엘리베이터 벽에는 이번에 출시하는 월드 오브 윈드의 포스터들이 가득 붙어 있었다. 광고에서 봤던 그 배경에서 게임 캐릭터들이 포즈를 취하고 있었다.

한겸은 포스터 하나하나를 유심히 살폈다. 모든 포스터에서 색이 보이는 것은 아니었지만, 꽤 많은 포스터에서 색이 보였다. 한겸은 감탄한 듯 포스터를 가리켰다.

"이 포스터들도 진짜 잘 만들었네. 나중에 우리가 부탁해야 되는 건 아닌지 모르겠다. 특히 이 카피는 진짜 좋네."

[바람이 시작되는 곳. 그곳에 내가 있었다.]

여러 카피가 있었지만, 가장 마음에 드는 카피였다. 지금 나오는 광고에 왜 사용을 안 했는지 의아하게 만들 정도로 좋았다.

"카피가 바람 타고 날아가는 거처럼 보이네."
"이거 보니까 게임 해보고 싶다. 겸쓰! 다음 달에 꼭 같이하자!"

연출된 상황인지 실제인지 알 수는 없지만, 캐릭터들이 상당히 멋있었다. 손가락 사이로 바람이 지나가는 모습을 지켜보는 캐릭터도 있었고, 바람을 잡기 위해 손을 뻗는 것처럼 보이는 캐릭터도 있었다.

전부 상당히 잘 만든 포스터였다. 다른 팀원들도 똑같이 느꼈는지 포스터에서 눈을 떼지 못했다. 종훈은 혀까지 내밀며 입을 열었다.

"이 정도면 우리한테 맡길 필요가 없지. 우리가 제작해도 이렇게 못 했을 거 같은데."
"그렇죠. 배경도 우리보다는 직접 개발한 DooD가 더 잘 알 테니까요. 아마 우리가 했으면 게임 배경이 아닌 다른 식으로 했겠죠."

"그렇긴 한데. 왜 계속 거절했는지는 알 거 같네. 이렇게 만들 자신 있으니까 그런 거잖아."

한겸은 고개를 끄덕거렸다. 그사이 약속한 층에 도착해 엘리베이터에서 내리자 로비에서 연락을 받은 사람이 나와 있었다.

"C AD에서 오셨죠?"
"네, 안녕하세요."

직원은 일행을 미팅 룸으로 안내했다. 게임 회사답게 미팅 룸도 딱딱한 회의실이 아니라 알록달록한 의자들이 놓여 있고 여기저기 캐릭터들이 가득했다. 그 가운데로 이미 자리를 잡고 있는 사람들이 보였다.

지금까지 갔던 다른 회사들은 대부분 안내를 받고 관계자를 기다려야 했는데 DooD는 달랐다. 관계자들 중 책임자로 보이는 사람이 자리에서 일어났다.

"안녕하세요. 전 홍보 팀장 임진혁이라고 합니다."

홍보 팀장은 옆에 있는 사람들까지 소개했다. 전부 홍보 팀인 줄 알았는데 윈드 개발 팀원도 있었고, 영상 제작 팀도 있었다. 한겸도 소개를 마치고는 자리에 앉았다. 그러자 홍보 팀장이 먼저 입을 열었다.

"일단 연락을 많이 주셨는데 계속 미팅 거절한 점 사과부터 드릴게요. 아시겠지만 저희가 요즘 무척 바쁘거든요."

"아닙니다. 저희가 제안을 하고 싶어서 연락드린 건데 괜찮습니다."

"그런데 제가 알기로는 C AD도 엄청 바쁜 걸로 알고 있는데 아닌가요?"

"바쁘긴 해요."

"그렇죠? DIO80 반응 보면 지금 저희한테 신경 쓸 겨를이 없을 거 같은데 계속 연락을 주셔서 어떤 제안을 하실지 너무 궁금하더라고요. 팀원들이 C AD라면 분명 도움이 될 거라고 그러고요."

사람을 많이 만나는 자리에 있어서인지 홍보 팀장은 대화를 부드럽게 이끌어 나갔다. 하지만 말속에 여러 의미가 담겨 있었다. 너희도 바쁜데 왜 부탁하지도 않은 우리 일에 신경 쓰냐부터, 제안이 별거 아니기만 해보라는 의미까지 있을 거라 생각됐다.

옆에 있는 팀원들은 전혀 눈치를 채지 못했지만, 한겸은 그렇게 느껴졌다. 그렇다고 여기서 물러날 수 없었기에 한겸은 그동안 준비했던 내용을 꺼내기 시작했다.

"월드 오브 윈드가 해외에도 서비스를 할 예정이라고 알고 있습니다."

"그렇죠. 이미 해외에서도 홍보를 준비 중이기도 하고요."

말을 꺼내기도 전에 해외에서도 작업 중이라고 알리며 끼어들 여지를 없앴다. 방금 느꼈던 게 맞았다. 부드러운 말속에 숨어 있는 날카로움을 감지한 한겸은 이번 일이 생각보다 어려울 것 같다고 느꼈다. 닫힌 문을 두드린다고 열어줄 것 같지 않은 느낌 이었다. 그래도 한겸은 준비한 것들을 꺼내기 시작했다.

제3장

윈드

한겸은 먼저 마음부터 열게 만들 생각으로 그동안 조사한 윈
드 오브 월드라는 게임에 대해서부터 말했다.

"윈드에 기본 직업 수는 10개, 거기에서 또 3개의 길로 나뉘
고, 거기서 또 3개로 나뉘는 걸로 알고 있습니다. 굉장히 다양한
직업을 자랑하고 굉장히 다양한 종족이 있죠."

"네, 맞습니다."

"그리고 특수한 아이템에 따라 특수한 직업이 생기기도 하고
요. F부터 SSS등급까지 나눠서 아이템을 구하려는 목표도 만들
게 하고요."

한겸의 말은 계속 이어졌다. 그동안 조사한 것이 상당했기에

계속 말을 할 수 있었지만 너무 자세한 설명은 스스로 자제했다. 아무리 조사를 했다고 해도 직접 개발한 사람들보다는 잘 알지 못했다.

그저 호감을 생기게 만들 생각이었다. 예상대로 개발 팀의 직원은 미소를 보이고 있었다. 잠시 뒤, 이 정도면 적당하다고 판단한 한겸은 그제야 운을 뗐다.

"세계관이 굉장히 광범위하고 다양한 게임이라고 생각합니다. 그만큼 다양한 사람들이 모이게 되겠죠. 그들이 하나가 되어 고난을 이겨내고 모험을 하며 우정과 추억을 만들게 될 거고요. 그 부분이 저희가 생각하는 것과 비슷했습니다."

"어떤 부분이요?"

"저희가 이번에 제작하려는 광고가 '사람은 같다' 라는 주제입니다. 인종을 구분하지 않고, 또 장애가 있다고 차별도 하지 않는 거죠. 그저 사람은 동등하다는 걸 알리려고 합니다."

"캠페인이군요."

"캠페인이면서 한국을 홍보하게 될 겁니다. DooD가 국내 최대의 게임 회사 중 한 곳이고, 해외에서도 서비스를 하고 있는 회사이다 보니 가장 적합하다고 생각했습니다."

"국내 최대 중 한 곳이 아니라 국내 최고이죠. 그래서 어떤 부분을 말씀하시는 건가요?"

"그중 인종에 관한 것을 DooD의 도움을 받고 싶어서 미팅을 요청했습니다."

홍보 팀장은 질문도 없이 알 수 없는 표정으로 한겸의 말을 듣고 있었다. 그래서인지 한겸은 이렇게 어려운 미팅은 처음이라고 느꼈다.

"무작정 도움을 달라는 건 아닙니다. 우리 C AD가 만드는 광고에 DooD의 윈드가 나오게 되면 사회적기업이라는 이미지도 얻을 수 있을 뿐 아니라 광고를 본 사람들에게 최고의 게임 회사라는 것을 제대로 인식시킬 수 있습니다. 게다가 해외에서도 한국에서와 같은 이미지를 얻을 수 있습니다."

"그래서 저희가 해드려야 할 건 뭔가요?"

"해외에도 곧 서비스를 할 계획이시죠?"

"그렇죠. 오픈베타 두 달이 끝나는 동시에 17개국에서 동시에 서버가 오픈됩니다."

"그 나라들에서 사람들을 초청했으면 합니다."

"음……?"

"오픈베타가 열리고 나서 광고에서 봤던 가상공간을 체험할 수 있게 해주는 이벤트가 있다고 알고 있습니다. 그 행사 기간을 하루 늘려 해외에서 초청한 사람들을 체험할 수 있게 해주셨으면 합니다."

"행사 일정을 늘리자는 말씀이군요."

홍보 팀장이 표정 없이 질문했다.

"그런데 우리 돈으로요?"

"대신 광고에 들어가는 비용이나 후원을 요청하지 않습니다. 광고가 성공적으로 제작된다면 DooD는 광고비를 들이지 않고 계속해서 광고를 게재할 수 있다는 장점이 있습니다."

"광고가 나가는 기간이 언제입니까?"

"1년 잡고 있습니다. 저희 조사에 의하면 통계적으로 게임을 서비스하고 1년이 지나면 신규 가입자가 줄어든다는 분석이 나옵니다. 광고를 통해 신규 유저들의 유입도 가능하리라 봅니다. 그 전에 저희가 가상공간에 대한 확인을 먼저 했으면 합니다."

가만히 듣던 홍보 팀장은 미소를 지은 채 입을 열었다.

"그렇군요. C AD라는 명성에 맞는 좋은 아이디어입니다. 그런데 지금 간단하게 계산해 봐도 저희가 손해인 것 같군요. 해외 유저들을 초대하는 것은 좋지만, 그렇게 되면 비행기값이나 한국에 있는 기간 동안 숙식비 등이 들어가겠죠. 몇 명이나 초대하길 원하는지 모르겠지만 그 수가 적다고 하더라도 분명히 손해입니다."

"초대받은 유저들이 각자의 SNS에 홍보를 하게 될 겁니다. 장기적으로 보면 분명히 성공적입니다."

"음, 그 유저의 SNS 팔로워 수가 많을까요. 저희 DooD 팔로워 수가 많을까요. 물론 체험을 한 개인이 올린 글이 더 효과적일 수는 있습니다. 그런데 그런 수고를 하기보다는 다른 방법이 더 나을 것 같습니다. 한 달 정액 할인도 방법이겠죠. 그리고 장기적으로 봐도 방법이 있습니다. 신규 유저는 또 신규 유저만을 위한 이벤트를 하면 됩니다. 신규 유저들에게만 주어지는 경험치 버프 같은 게 있을 수 있죠."

"지금도 광고를 하고 계신 걸로 알고 있습니다. 그것도 신규 유저를 유입하기 위해서라고 알고 있고요."

"아! 그런 계획도 있지만, 그보다는 다른 의도도 있습니다. 앞으로 가상현실 게임이 나타난다면 그건 우리 DooD가 최초가 될 것이다! 그런 포부를 담은 광고입니다. 그래서 오픈베타 행사에서 체험할 수 있게 해주는 거고요. 한국에서 하는 이유가 궁금하시죠? 한국 시장만큼 빠르게 피드백이 오는 나라가 없으니까요. 그러니까 다른 나라 사람들을 초대할 필요를 못 느끼죠."

홍보 팀장은 여전히 미소를 지은 채로 한겸에게 질문을 던졌다.

"저희 DooD의 모토를 아시나요?"

"네, 이번에 알게 됐습니다. Fun, Interesting, Enjoying이라고 알고 있습니다."

"알고 계시는군요. 그런데 그 모토가 회사는 물론 개발한 게임들까지 포함되어 있는 겁니다. 누구나 재미있다고 느낄 수 있도록 만들자는 게 저희 회사 목표죠. 그리고 누구나 재미있다고 느끼는 게임은 절대 실패하지 않습니다. 그게 이번에 저희가 준비한 윈드가 될 거고요."

홍보 팀장은 그 말을 끝으로 가볍게 고개를 숙였다. 이제 볼일 다 봤으면 가보라는 인사였다. 한겸은 아쉬운 마음에 나오려던 한숨을 삼켰다.

다른 때 같았다면 계속해서 찾아와 미팅을 요청했겠지만, DooD의 홍보 팀장은 미팅마저 거절할 것처럼 보였다. 그렇다고 이대로 물러날 수도 없었다. 그때, 홍보 팀장이 웃는 얼굴로 입을 열었다.

"게임으로 캠페인이 가능하다는 점까지 배우게 된 정말 유익한 미팅이었습니다. 하지만 게임 회사는 게임으로 보여줘야 한다고 생각합니다. 그럼 이만 미팅을 마칠까요?"

처음 대면할 때부터 어려울 거라고는 예상했지만, 이렇게 아무것도 못 하고 물러날 줄은 몰랐다. 자신들의 실력에 자신이 있다 보니 들어갈 틈조차 만들지 못했다.

'게임 회사는 게임으로 보여준다라……'

마지막으로 들은 홍보 팀장의 말이 이상하게 귀에 맴돌았다. 그리고 그 말을 되새기던 중 무엇이 잘못되었는지 알아차렸다.

'광고 회사는 광고로 보여줘야 했는데.'

한겸은 DooD의 문을 열 수 있는 광고가 무엇일까 생각했다. 그러던 중 지금 광고 중인 윈드가 떠올랐다. 많은 부분에서 색이 보일 정도로 잘 만든 광고였지만, 옥에 티처럼 빨갛게 보이는 부분이 있었다.

작은 부분이었기에 문을 열 수는 없을 것이었다. 하지만 다시 미팅할 수 있는 여지라도 남겨두기 위해 조심스럽게 입을 열었다.

"알겠습니다. 그런데 지금 내보내고 있는 윈드 광고 중에 수정하셔야 할 부분이 있습니다."

"네?"

홍보 팀장은 영상 제작 팀원을 쳐다봤다. 제작 팀원도 잘 모르겠는지 어깨를 으쓱거렸다.

"중간에 나오는 안내 문구가 잘못됐습니다."

잘못된 점을 지적해서인지 홍보 팀장은 그 어느 때보다 관심을 보였다.

"어떤 부분이 잘못됐는지 자세히 말씀해 주실 수 있을까요?"

"실제 게임 배경을 토대로 만든 가상공간입니다. 이 문구가 잘못됐습니다."

"아하! 그 부분 말씀이시군요. 한국말이 아 다르고 어 다른 거 아니겠습니까?"

"광고를 보는 사람들에게 혼란을 줄 수 있습니다."

"그 부분은 고려해 보겠습니다. 아무튼 저희한테 관심을 주셔서 진심으로 감사합니다."

홍보 팀장은 이제 그만하자는 듯 악수를 청했다. 받아들일지 아닐지 DooD에서 선택할 것이었다. 다만 지금은 일단 물러나는 게 맞았다.

*　　　　*　　　　*

C AD로 돌아오는 내내 세 사람은 아무런 말도 하지 않았다. 회사에 도착해서도 마찬가지였다.

그러던 중 범찬이 어색함을 참지 못하겠는지 먼저 입을 열었다.

"겸쓰, 그럴 수 있어. 할 때마다 설득하고 성공하면 그게 더 이상한 거지. 그런 사람들이 뭐 하는지 알아? 전부 사이비 교주 하고 그러는 거야."

"뭔 소리야."

"네 표정 봐라. 이번엔 상대가 너무 안 좋았어. 처음엔 종훈이 형이랑 수정이도 또 잘 풀릴 줄 알았는데, 그 홍보 팀장 장난 없더만."

"말 잘하긴 하더라."

"그래. 웃는 사람이 더 무섭다는 게 사실이란 걸 처음 알았어. 그래서 어떻게 바꾸려고?"

"당장은 안 바꿀 건데?"

"응?"

한겸이 어깨를 으쓱거리며 말하자 수정이 나섰다.

"계속 찾아간다고 통할 사람이 아닌 거 같아 보여."

"그렇긴 하지. 그런데 아무리 생각해도 윈드만큼 사람들이 모이는 목표가 뚜렷한 게 없을 거 같거든."

"그래서 무작정 계속 찾아가려고?"

"무작정은 아니고 일단 조금 기다려 봐야지."

"기다린다고 바뀔 거 같지 않은데."

"바뀌게 해야지."

세 사람은 한겸도 이번만큼은 포기할 줄 알았는지 놀라는 표정을 지었다. 그것도 잠시, 역시 한겸답다는 생각에 다들 피식 웃었다.

"역시 겸쓰 넌 포모남이야! 포기를 모르는 남자! 그래서 뭘 어떻게 하려고?"

순식간에 변하는 팀원들의 모습을 본 한겸은 가볍게 웃은 뒤 입을 열었다.

"광고 회사니까 광고로 보여주려고."

"그러니까 어떻게?"

"아까 홍보 팀장한테 한 말 있지? 그 부분을 좀 바꿔보려고."

"뭐?"

"'실제 게임 배경을 토대로 만든 가상공간입니다' 이거 말이야. 제대로 된 정보를 주는 게 맞는 거 같아. 지금 나오는 문구도 틀린 건 아닌데 여러 가지로 해석된다는 게 잘못됐거든. 그러니까 광고 배경이 게임이라고 오해하는 사람이 나올 수 있다는 거지."

"원래 게임은 다 그런 거 아니냐?"

"저게 계속 거슬려. '임의로 제작한 가상공간으로, 실제 게임 속 배경과는 차이가 있습니다' 정도가 괜찮아 보여."

"안내 문구 넣는 건 그냥 과장광고 안 걸리려고 넣는 건데, 네가 말한 건 너무 적나라하지 않냐?"

"광고도 정확한 정보를 줘야지. 우리 지금까지 그렇게 만들었잖아."

"그렇긴 한데……."

"그리고 임진혁 팀장도 그랬잖아. 게임 회사는 게임으로 보여준다고."

"맞네! 생각해 보니까 웃기네. 말은 그렇게 하면서 광고에서부터 꼼수를 부리고 있었네! 사이비 교주 같은 놈이었고만!"

그때, 종훈이 조심스럽게 의견을 내놓았다.

"그걸로 부족할 거 같지 않아? 아까도 시큰둥하더만."

"일단은 그것부터 수정해 보려고요. 그걸 수정해도 빨… 아
니, 이상하게 보이면 그 장면을 아예 바꿔보는 게 어떨까 해
요."

"그걸 우리가 하자고? 우리한테 원본도 없는데?"

"다 할 필요는 없고요. 바꿀 방향만 알려주는 게 좋을 거 같
아요."

"그래도 이미 광고 게재하고 있는데 바꾸려고 할까? 아까 보니
까 씨알도 안 먹히는 거 같던데."

"그래서 조금 기다려야 될 거 같아요."

"응?"

"아무튼 오픈 전까지 기다려 보면 알아요. 그 전에 영상부터
따와서 문구만 수정해 보죠. 그리고 그거 보내고 나면 다른 것
부터 알아보면서 연락을 기다려 봐요."

잠시 뒤, 팀원들은 안내 문구를 수정했다. 한 가지뿐만이 아니
라 여러 가지로 바꿔가며 확인하던 한겸은 마우스를 내려놓았
다.

'그저 그런 배경에 잘못된 안내 문구를 넣어서 완전 빨간색이

었구나.'

한겸은 만족스러운 듯 웃으며 자신이 직접 바꾼, 노랗게 보이는 안내 문구를 쳐다봤다. 그러고는 곧바로 팀원들을 향해 말했다.

"배경 바꾸자! 움직이는 건 우리가 할 수 없으니까 아까 DooD에서 봤던 그 포스터 어때?"
"어떤 거 말하는 거야?"

한겸은 목을 가다듬고는 입을 열었다.

"바람이 시작되는 곳. 그곳에 내가 있었다."

*　　　　*　　　　*

며칠 뒤. DooD의 홍보 팀장 임진혁은 C AD로부터 연락을 받았다. 메일을 보냈으니 확인해 달라는 내용이었다.

"뭘 또 보낸 거야. 알아들을 만한 사람 같았는데."

홍보 팀장이 메일을 확인해 보려 할 때, 홍보 팀 직원이 보고서를 내밀었다.'

"운영 팀에서 회의 자료 보냈습니다."

"어우, 또 회의네. 이번엔 뭔데?"

"클로즈베타 유저들에게 받은 피드백입니다."

"이번에는 어떤 말도 안 되는 피드백을 보냈으려나."

DooD는 한국에서 가장 큰 회사답게 수많은 부서가 존재했다. 월드 오브 윈드에 힘을 준 만큼 많은 부서의 팀장급들은 거의 매일같이 모여 회의를 진행했다. 진혁은 회의를 가기 전 자료부터 살폈다.

"하여간 대단들 해."

"왜 그러십니까?"

"클로즈베타 만렙이 30렙이지?"

"2차 전직 전까지니까 30렙 맞습니다."

"내용들이 전부 레벨 더 뚫어달라는 거네. 이제 클베 닫히는 거 알 텐데도 열심히들 하네. 개발 팀 예상보다 훨씬 빠르지?"

"네. 24시간 컴퓨터 앞에 붙어 있는 사람들인데 당연한 거 아닐까요. 지금 클베 유저들 접속 시간 보면 80%가 20시간 이상 접속이더라고요."

다소 한심스럽다는 듯 대답하는 직원의 말에 진혁은 못마땅한 표정을 지었다.

"그래서 한심스러워?"

"아! 아닙니다. 고마운 고객분들이시죠."

"그렇지. 그 사람들이 우리 월급 주는 거나 다름없으니까 감사하게 생각하라고. 그나저나 클베 유저들 만족도가 너무 높은데."

"그만큼 잘 만들었다는 거 아닐까요."

"그런 것도 있지만 만족도가 적당해야 돼. 대부분 MMORPG 하드 게이머들은 어려울수록 좋아한다고. 거기서 성취감도 느끼고, 인맥도 만들고 그러거든. 무엇보다 우월감을 느끼는 게 가장 크지."

"우월감이요……?"

"사람이라면 누구나 한 번쯤은 사람들이 우러러봐 줬으면 하는 상상 하잖아. 그걸 실현시킬 수 있는 곳이니까. 그걸 우리가 이뤄주려면 우러러보는 사람들의 눈높이도 생각해야 되거든. 그래서 게임 밸런스를 대부분 그들에게 맞추는 거지. 왜 그런지 알아?"

"그래야지 하드 게이머들이 눈에 띄니까 그런 거 아닐까요?"

"그렇지. 사실 우리 홍보 팀이 존재하는 이유도 똑같아. 우러러봐 줄 사람들을 끌고 오는 역할이야. 그리고 유입된 고객들은 하드 게이머들을 보고 나도 저렇게 되고 싶다는 생각이 들게 되지. 그러다 보면 우리 회사 이념처럼 Fun, Interesting, Enjoying 누구나 즐길 수 있는 거고. 후후. 김 대리도 잘 알아두라고."

"네! 그래서 지금 광고도 일반 유저들에게 초점을 맞춘 거죠."

"잘 아네. 아무튼 이 부분은 회의에서 얘기해 봐야겠네."

진혁은 자료를 살펴본 뒤 미팅 시간을 확인했다. 아직 여유가 있었기에 다시 회의에 내놓을 자신의 의견을 정리하려 했다. 그 순간 모니터에 C AD에서 보낸 메일이 보였다.

"어휴, 이건 뭔데."

메일에 있는 첨부 파일을 열자 익숙한 포스터 한 장이 눈에 들어왔다.

"이걸 왜 보낸 거지? 아, 또 그 얘기네."

메일을 읽어보니 기존에 있던 배경이 아닌 포스터의 배경으로 대신하는 게 광고가 더 살 거라는 내용이 담겨 있었다. 게다가 포스터 하단에는 며칠 전 미팅에서 한겸이 말했던 내용이 적혀 있었다.

"임의로 제작한 가상공간으로, 실제 게임 속 배경과는 차이가 있습니다? 홍보를 너무 정직하게만 하려고 하는군."

진혁은 화면을 잠시 쳐다봤다. 확실히 괜찮아 보이긴 했다. 하지만 굳이 지금 반응도 좋은데 돈을 들여가며 바꿔야 하는 이유를 찾진 못했다. 안내 문구라는 건 광고의 아주 작은 부분에 불과했다. 그래서인지 그는 이내 관심 없다는 듯 파일을 닫아버렸다.

*　　　　*　　　　*

며칠 뒤. 한겸은 휴대폰을 보며 인상을 찡그렸다. DooD에서 메일을 확인했다고 표시됐는데 어째서인지 연락이 없었다. 눈으로 확인한 결과 색이 보이기까지 했으니 DooD의 홍보 팀이라면 알아볼 것이라고 생각했다.

"범찬아, 윈드 광고 바뀌었어?"

"안 바뀌었어. 그대로야. 혹시 DooD에서 양아치 짓 하려는 건 아니겠지? 우리한테 말도 안 하고 수정하고 있는 거 아니야?"

"음."

그때, 현실적인 수정이 입을 열었다.

"DooD에서 우리가 보낸 대로 바꿔도 우리 할 말 없어."

"왜 할 말이 없어! 방수정 너는 뭔 말을 섭섭하게 하냐."

"포스터도 원래 있던 거잖아. 그렇다고 우리한테 의뢰한 것도 아니고."

"아오. 겸쓰 년 그러니까 왜 돈도 안 받고 시간 들이고 공들여서 남 좋은 일 시키냐."

"아직 바꾸고 있는지 확인 안 됐는데? 그렇게 되면 할 말이 없다는 거지."

"그러네?"

대화를 듣던 종훈도 대화에 끼어들었다.

"안 바꿀 거 같은데. 바꾸려면 잠깐 광고 내렸어야 하는데 지금도 계속 나오고 있잖아. 거기에 이제는 오픈 날짜까지 공개해서 내보내더라고. 2주 뒤에 오픈베타 시작한다더라."

한겸은 분명 색이 보이는 더 좋은 방향을 알려줬는데 왜 기존의 것을 그대로 고수하는지 도무지 이해가 안 됐다. 지금 광고를 본 사람들의 반응만 봐도 오해하고 있는 사람들이 상당했다.

"수정아, 윈드 커뮤니티에서 반응은 어때?"

"반응은 좋아. 사전에 서버 선점하는 것만 봐도 대박인 듯. 벌써 21서버까지 가득 찼어."

"엄청 많네."

"오랜만에 나오는 MMORPG라고 기대하나 봐."

"이렇게 잘되고 있어서 바꿀 필요가 없다고 생각하나. 그럼 광고에 대한 반응은?"

"그게 애매해. 그래픽이 엄청나다는 사람이 있는가 반면 실제로는 아닐 거라고 예상하는 사람도 있어."

"그럼 더 빨리 바꾸는 게 도움 될 텐데."

"DooD에서도 알 텐데 저렇게 해도 자신 있나 보지."

한겸은 무척 아쉬웠다. DooD의 가상공간을 확인해 본 것은 아니지만, 원하는 대로 광고를 만들 수 있는 공간이라는 것이 확인된다면 게임 성공 여부에 상관없이 그 배경을 사용할 생각이었다. 다만 기왕이면 사람들이 인정하는 공간이면 제작하려는 광고에도 도움이 될 것 같았다.

"그건 그거고. 이 병원 홍보물들 보냈어. 대체로 의사를 모델로 하는 경우는 성형외과 같은 개인 병원들이고, 대학 병원 같은 큰 병원들은 병원 자체를 홍보물로 제작하고 있어. 대신 의사들을 개인적으로 언론에 홍보하고 있더라."

"의사들 리스트는 보냈지?"

"일단 이름 있는 의사들 위주로 보냈어. 그런데 장애 있는 사람은? 네 성격에 가짜로 할 건 아니잖아."

"생각해 봐야지."

정해진 것이 아무것도 없었다. 심지어는 예산마저 정해져 있지 않다 보니 진행이 너무 더뎠다. JD 손해보험은 아직 말도 꺼내지 않았고, DooD에서는 들은 척도 하지 않고 있었다. 그런데 의사와 환자에 대해 알아봐야 하다 보니, 지금 길을 제대로 가고 있는지 의문마저 들었다.

그때, 1층 사무실에 갔던 임 프로가 들어왔다. 평소라면 곧장
자리로 갔을 텐데 이상하게 한겸을 보며 쭈뼛거렸다.

"왜 그러세요?"

"아, 그게."

"일하시는 거 잘 안 되세요? 물어볼 거 있으시면 말씀하세요."

"그런 건 아닙니다. 그냥, 에이… 이거 한번 보세요."

임 프로는 들고 온 종이를 한겸에게 내밀었다.

"대만에서 나온 칼럼인데 번역해 온 겁니다."

임 프로가 자신에게 보여줄 거라면 분트 아니면 HT와 관련
된 것일 것이다. 대만에서는 플리 마켓이 여전히 흥행 중이었기
에 분마의 인기가 좀처럼 사그라지지 않았다. 그래서인지 분트
와 HT맵의 광고를 분석한 칼럼이 올라왔을 것이다.

하지만 임 프로의 표정으로 봐선 그다지 좋은 내용은 아닐
것이었다. 그래도 어떤 내용을 기사로 내보냈을지 궁금해 천천
히 읽어 내려갔다.

처음 시작은 분마에 대한 평가였다. 그 평가는 예상과 다르게
굉장히 후했다. 상품만이 아니라 광고에서의 콜라보레이션이 파
격적이라며 감탄했다. 그리고 스스로를 채찍질하는 콘셉트를 이

용한 게 신의 한 수라며 극찬을 아끼지 않았다. 동시에 분마를 이용해 대만 시장에 성공적으로 자리 잡은 HT맵과 플리 마켓도 시장의 상황을 누구보다 잘 파악해 성공적인 마케팅을 했다며 칭찬했다.

다만 지금도 나오고 있는 대만 분트의 광고가 문제였다. 처음에는 지금 광고도 잘 만든 광고라는 칭찬으로 시작되었다. 하지만 기존의 분마가 파격적이어서 지금의 광고가 너무 밋밋하다는 의견이 이어졌다.

일반인들을 사용해 만족도를 보여주는 것은 좋으나 그 수가 너무 많아 집중을 분산시킨다고 했다. 게다가 대만의 광고업계 종사자는 각 모델 간 연결 고리가 있거나 조금 더 자세한 스토리가 있었다면 집중도를 올릴 수 있는 훨씬 좋은 광고가 되었을 거라는 의견을 냈다.

기사를 본 한겸도 수긍할 만한 의견이었다. 모델 간의 연결 고리가 있었으면 한다는 말은 수많은 물건은 취급하고 연결되어 있는 분트를 의미할 수 있었다. 그 부분까지는 생각하지 못했다. 그저 색을 보려고만 했다.

"연결 고리……."

지금 제작하려는 광고도 '사람은 모두 같다'라는 걸 보여주겠다는 목표는 있었지만, 옴니버스 형식으로 제작되다 보니 파트 간 접점이 전혀 없었다.

지금까지 제작한 광고 중에도 하나의 광고에서 파트를 나눠 옴니버스 형식으로 제작한 것은 있었다. 바로 DIO80이었다. 하지만 DIO80의 광고 같은 경우는 주제가 뚜렷했고, 컬러로 연결한 상태였다. 하지만 지금 제작하려는 광고는 연결점이 아무것도 없었다. 기사를 내려놓은 한겸은 책상을 두드리며 혼잣말을 뱉었다.

"보험회사, 게임 회사, 병원, 어떻게 연결을 시키지. 그 외에도 연결이 되는 게 있을까?

그때, 범찬이 한겸을 보며 어이없다는 표정을 지었다.

"그게 사람이잖아. 사람은 같다는 걸 보여주려고 하는 거잖아."
"그러니까 광고를 끌고 나갈 스토리 중에 말이야."
"재진 형님이나 승원이 형한테 연기해 달라고 부탁해. 의사도 했다가, 보험사 직원도 했다가 그러면 되겠네. 물론 형님들은 고생하겠지만 우리는 그게 더 편할 거 같은데?"

한겸도 두 사람을 모델로 써보면 어떨까 생각했다. 하지만 두 사람 역시 색이 보일 수도 있고 안 보일 수도 있었다. 어떤 것 하나라도 정해진 것이 있었다면, 이렇게까지 고민하진 않을 것 같았다.

"후, 일단 병원이라도 먼저 다녀봐야겠다."

"겸쓰, 너 병원 다닐 거면 내일 윤 프로님 병원 가신다니까 같이 다녀와. 치료 잘 받고 계시나 확인도 할 겸 네가 따라가면 되겠네. 꼭 같이 가라. 네가 일 맡겨서 그거 그리신다고 안 갈 수 있으니까."

선진에게 어떤 구도가 어울릴지 알아봐 달라는 부탁을 해놓은 상태였다. 아직 선진으로부터 넘겨받은 것은 없었다. 하지만 범찬이 알고 있는 것을 보면 보나 마나 거기에 매달리고 있을 것이다.

"윤 프로님도 직접 보고 구상할 수 있게 같이 다니는 게 낫겠네."

"그러든가. 종훈이 형이랑 셋이 다녀. 그리고 DooD에서 연락 오면 겹칠 수 있으니까 가서 놀지 말고 열심히 하고 와라."

"DooD에서? 거기서 연락 오는 건 어떻게 알아? 연락 왔어?"

"우리가 만든 거 봤는데 연락 안 오면 홍보 팀 때려치워야지. 아무튼 나랑 수정이는 자료 조사 해야 되니까 다녀와."

한겸은 자신도 모르게 웃음이 나왔다. DooD에 보낸 광고가 범찬의 마음에 든 모양이었다. 그때, 범찬이 갑자기 실실 웃으며 말했다.

"DooD 갈 때는 윤 프로님하고 나랑 같이 가고."

"네가 그럼 그렇지."

"그게 아니라! 윤 프로님이 게임할 줄 알아? 잘 모르실 거 아니야. 컴퓨터도 이제야 조금 배우신 정도인데! 내가 어떻게 되는지 설명해야지."

한겸은 피식 웃다 말고 포스터 제작 팀 사무실이 있는 방향으로 고개를 돌렸다.

"만약에 윤 프로님이 게임을 할 줄 알면 두 개에 해당되네."

"그건 또 무슨 말이냐."

"환자이기도 하고 게이머이기도 하고. 윤 프로님 보험도 있으신가?"

"개똥 같은 소리 하고 있네. 윤 프로님 보험 하나보험이거든? 그리고 게임도 할 줄 모르신다니까. 차라리 나를 모델로 써."

윤선진이 조건에서 벗어난다는 점은 아쉬웠다. 하지만 가야 할 길을 찾은 것 같아 한겸의 얼굴에 미소가 생겨났다.

*   *   *

이 주 뒤. 한겸은 윤선진, 종훈과 함께 전국의 병원이란 병원은 전부 찾아다니고 있었다.

규모가 작은 동네 개인 병원들은 딱히 홍보를 할 필요가 없다고 생각하는지 한겸을 달가워하지 않았다. 하지만 규모가 큰 병원이나 대학병원들은 달랐다.

C AD 사무실에서 제안서를 보낸 걸 보고 기회라고 생각했는지 병원을 살펴볼 수 있게 도와주었다. 지금 와 있는 아산에 위치한 종합병원도 홍보 팀 직원이 붙어서 설명까지 해주고 있었다.

"한식, 중식, 양식은 물론 3개의 커피숍까지, 총 13곳의 식당이 입점해 있습니다. 면회객이나 보호자가 식사와 휴식을 취할 수 있죠. 다음은 종교시설을 보여 드리려고 합니다."

한겸이 원하는 것은 이런 것이 아니었다. 의사와 환자가 직접 대면하는 모습을 담고 싶었기에 지금 보는 병원의 모습은 전혀 도움이 되지 않았다.

하지만 대부분 병원들이 이런 식이었다. 환자의 개인 건강 정보 보호와 프라이버시 때문에 진료하는 모습은 보여줄 수 없다고 했다.

대신 병원의 의사를 인터뷰하게 해준다고 했다. 한번 언론에 노출이 된 의사가 유명해지는 건 어렵지 않았다. 언론에 노출이 되었다는 건 검증이 된 상태라는 뜻이었기에 방송국에서는 그런 의사들을 우선적으로 섭외할 것이었다.

처음 TV에 나오는 것이 어렵지, 그다음은 그다지 어렵지 않았다. 의사의 인지도가 올라가면 소속되어 있는 병원의 인지도까지 덩달아 올라가다 보니 병원 홍보 팀은 의사 소개를 적극적으로 했다.

처음에는 몇몇 의사들과 인터뷰를 했지만 한겸이 원하는 사람은 없었다. 인터뷰를 하면 할수록 의사보다는 환자가 중요하다는 느낌이었다.

그 뒤로도 한겸은 홍보 직원에게 한참이나 병원 안내를 받은 뒤에야 인사를 나눌 수 있었다.

"안내 감사했습니다."
"아닙니다. 언제든지 연락 주십쇼."

주차장까지 배웅 나오려는 직원을 겨우 떼어놓은 한겸은 잠시 쉴 겸 혹시라도 환자들을 볼 수 있을까 하는 마음에 커피숍에 자리했다.

"환자 만나기가 진짜 어렵네요."
"제가 괜한 말을 한 건 아닌지 죄송하네요."
"아니에요. 윤 프로님이 말씀하신 게 가장 좋을 거 같았어요."

선진에게 어떤 그림이 좋을지 조언을 구했고, 선진은 자신이 의사도 되어보고 환자도 되어보며 그림을 몇 장 그려 왔다. 그중 한겸이 가장 관심 있게 본 그림은 환자와 의사는 물론이고 간호사까지 있는 그림들이었다. 선진이 만든 구도는 한겸의 생각과 달랐다.

한겸은 세 사람을 같은 위치에 놓았으면 하고 생각했는데 선진이 만든 구도는 의사와 간호사는 진찰실로 보이는 방에서 창을 통해 밖을 보며 웃고 있었고, 환자는 퇴원을 하는 모습이었다. 이유를 물어보니 선진은 환자가 퇴원한다고 배웅을 나오는 의사가 없다고 했다.

물론 드물게 있을 수야 있겠지만, 말 그대로 드문 경우였다. 공감을 일으키려면 보편적이어야 했다. 그러다 보니 이 그림이 유난히 눈에 들어왔다.

물론 이번에도 각 파트 간 접점은 없었지만 그림만큼은 괜찮게 느껴졌다. 만약 이 그림이 다른 파트와 연결까지 된다면 금상첨화였다. 지금 병원을 찾아다니는 이유도 연결 고리를 찾기 위해서였다.

며칠 전 범찬의 선진은 게임을 못한다는 말 덕분에 떠오른 아이디어였다. 각각의 파트에 공통적으로 들어가는 사람이 있다면 보는 사람으로 하여금 훨씬 집중도가 올라갈 것 같았다. 물론 색을 확인해야겠지만, 지금은 그런 사람조차 없다는 것이 문제였다.

그때, 친구들로 보이는 한 무리가 커피숍으로 들어왔다. 그들의 가장 앞에는 환자복을 입고 휠체어에 앉은 사람이 있었다.

"내가 쏜다. 아메리카노 마실 거지? 둘, 셋, 넷, 왜 이렇게 잔뜩 왔어. 안 되겠다. 병문안 오면서 빈손으로 왔으니까 너희들이 쏴. 난 음, 콜드브루 라떼."

"지가 산다 할 때는 아메리카노 먹이려고 하더니 우리한테 사라고 할 때는 가장 비싼 거 처먹는다네, 양심 없는 새끼야."

"난 아프잖아."

한겸은 그들을 보며 가볍게 웃었다. 다친 친구를 병문안 온 모양이었다. 이내 관심을 끄고 다시 일에 대해 얘기를 하려 할 때, 그 사람들이 한겸과 가까운 테이블에 자리 잡았다. 그러자 종훈이 갑자기 안타깝다는 표정으로 입맛을 다셨다.

고개를 돌려보니 휠체어에 앉은 젊은 남자는 다리 한쪽에 깁스를 하고 있었다. 그때, 친구들이 휠체어에 탄 사람에게 질문을 했다.

"아프진 않냐?"
"뼈가 으스러졌는데 안 아프겠냐?"
"그래도 이제는 이렇게 잠깐씩 나올 수도 있네."
"진짜 아픈 거보다 답답해 죽는 줄 알았네."
"어후, 미친놈. 그러니까 네가 뭐라고 그딴 짓을 해."

한겸은 무슨 일이 있었길래 저리 다쳤는지 궁금한 마음에 뒤 테이블의 대화에 귀를 기울였다.

"그래서 그 할아버지는 찾아왔냐?"
"자주 오시지. 며칠 전에는 요구르트도 들고 오셨어."
"아오, 답답해라. 진짜 미친놈이야. 어떻게 덤프를 오토바이로 막을 생각을 하지?"
"거기가 3차선이라 트럭이 한 번에 유턴을 못 하더라고. 그래서 후진하는 사이에 할아버지가 나타난 게 안 보였나 봐. 좀 천천히 돌길래 막아서면 멈출 줄 알았지. 그래도 나 아니었으면 할아버지가 치였을걸?"

"진짜 도대체 왜 리어카를 끌고 도로로 나오는 건데. 나 같으면 그 노인네한테 욕부터 박았을 거 같은데 넌 생판 남인데 그게 되다?"

"생각할 겨를도 없이 몸이 먼저 나갔다니까."

"그러고 얻은 게 뭔데. 네가 끼어든 걸로 처리돼서 보험사도 과실 2:8 잡혔다며. 너희 어머니가 아주 난리도 아니더만."

"이미 벌어진 일을 뭐 하러 자꾸 말해."

"너 평생 쩔뚝거리면서 살아야 된다고 그러니까 속상해서 그러지! 너 그래서 하고 싶은 경찰은 어떻게 하려고 그러냐?"

"공부도 못했는데 뭐 잘됐지. 괜찮아."

환자복을 입은 남자를 꾸짖듯 말하던 친구는 안타까운 표정으로 입을 닫았다. 그러자 분위기가 어색해지는 것이 싫었는지 휠체어에 앉은 남자가 웃으며 말했다.

"나 베이글 하나만 먹어도 되냐?"

"다 처먹어. 지가 무슨 영웅이라고. 요즘 같은 세상에 남 도와주는 거 아닌 거 모르냐? 너, 이제 제대로 걷지도 못한다며."

"절단 안 된 거만 해도 감사해야지. 그리고 혹시 아냐? 착한 일 했다고 내 다리에 최신 울트라 하이퍼 A.I 인공 철심 같은 거 넣을지? 아이언맨은 좀 그렇고, 아이언레그맨 정도 될 수도 있지."

"아오, 이 긍정적인 새끼야. 앞으로 제대로 걷지도 못한다는데 그딴 말이 나오냐? 진짜 널 어떻게 하냐."

대충 얘기를 종합해 보면 어떤 할아버지를 구하기 위해 유턴하는 덤프트럭을 오토바이로 막아서다 사고가 난 것이었다. 한겸은 안타까움에 입맛을 다셨다. 그때, 휠체어에 탄 남자가 화제를 돌리기 위해 입을 열었다.

"야, 그래도 의사하고 간호사들이 걱정도 하고 칭찬도 하고 난리도 아니야."

"그래서 좋냐?"

"너 내 담당 선생님 못 봐서 그래. 인턴 같아 보이는데 그 차가워 보이는 외모로 나한테 몸 좀 아끼라고 혼내는데 기분 죽이더라. 역시 난 날 휘어잡을 여자를 만나야 돼."

"제대로 미쳤네. 모태 솔로 새끼가 어디서 칭찬을 받아봤어야지."

"아닌데? 나중에 나 퇴원하면 밥도 먹기로 했는데?"

"이 순진한 어린 양아. 그건 그냥 하는 말이지."

"간호사들하고 같이 먹기로 했는데?"

"그래서 밥 한 끼 먹자니까 막 결혼할 거 같고 그러냐?"

한겸은 나오려는 웃음을 참았다. 어떻게 저렇게까지 긍정적일 수 있는지 궁금했다. 그때 한겸이 고개를 살짝 돌릴 만한 말이 휠체어 남자의 입에서 나왔다.

"맞다! 윈드 해봤냐?"

그와 동시에 친구들은 어이없다는 듯 욕을 쏟아부었다. 그래
도 남자는 웃으며 꿋꿋하게 입을 열었다.

"내가 사고 딱 난 순간 '아, 썅! 컴퓨터 바꿨는데!' 그 생각밖에
안 나더라니까. 윈드 나오면 배달 좀 쉬엄쉬엄하려고 빡세게 하
고 있었는데."
"이 답 없는 새끼."
"왜, 같이하기로 했잖아. 광고 보니까 작살나던데! 렙 몇까지
찍었냐?"
"너 퇴원하면 같이하려고 캐릭만 만들어놓고 안 했어."
"미쳤냐! 네가 먼저 길을 닦아놓고 난 편하게 버스 태워야지!
야, 너희들 빨리 가서 렙 업이나 해라."
"좀 닥쳐. 그리고 광고랑 완전 다르니까 기대하지 말고."
"뭐? 왜?"
"뭘 왜야. 광고랑 실제랑 똑같은 거 봤어? 당연한 걸 갖고."
"아오! 나 그럼 컴퓨터 왜 바꾼 거야!"
"그 컴퓨터 팔아서 너 목발이나 휠체어나 사든가 해라. 적어
도 1년 이상은 제대로 못 걷는다며."

그 순간 한겹은 갑자기 휴대폰을 꺼내 메모를 하기 시작했다.
그러고는 종훈을 보며 조용하게 말했다.

"형, 대표님이 주신 자료에서 의료기기 제작 업체 있었죠? 이름이 'Tomorrow' 였죠?"

"응, 맞을걸? 갑자기 왜?"

"거기서 휠체어나 목발 같은 것도 제작하나 알아봐야겠네요. 그럼 판매자와 소비자도 적합."

종훈과 선진은 한겸이 말한 의미를 알아차리지 못했다. 그저 갑자기 메모를 하는 한겸의 모습을 어리둥절한 표정으로 지켜봤다. 한겸은 계속해서 메모를 하던 중 조용히 중얼거리기 시작했다.

"윈드도 할 생각이고, 의사, 간호사와 친해 보이고, 의수도 구매할 생각이면 벌써 접점이 3개나 되네. 보험회사까지 JD면 4개네. 음, 보험회사라. 세 칸으로 진행하기에도 적당하겠네."

"무슨 말인데?"

한겸은 고개를 들고는 이내 멋쩍게 웃었다. 그러고는 메모지와 펜을 꺼내더니 세 칸을 나누었다.

"대표, 직원, 보험 가입한 사람?"

"다 동일하다는 거 보여주는 거예요. 칸이 허물어지면서 합쳐지는 건 동일하고요. 어때요? 그리고 윈드도 백인, 흑인, 동양인 이렇게 똑같이 세 칸 될 거 같은데요. 의사, 간호사, 환자도 세 명이고요. 모두가 칸으로 만든 경계가 사라지면서 '사람은 같다' 라는 의미의 카피가 나오고."

"그러니까 갑자기?"

한겸은 갑자기 메모지에 글을 쓰기 시작했다.

「제 뒤에 있는 남자, 우리가 제작하려는 광고 모델로 적합한 거 같아서요.」

메모를 본 종훈과 선진은 한겸의 뒤 테이블에 있는 남자를 봤다. 두 사람도 그 테이블에서 나누던 대화를 들었다. 하지만 한겸이 어떤 식으로 생각하고 있는지는 알지 못했기에 쉽게 대답을 내놓지 못했다.

「일단 연락처라도 받아야겠어요. 오늘 못 받아놓으면 후회할 거 같아요.」

그 메모를 끝으로 한겸은 곧바로 자리에서 일어났다. 그러고는 갑자기 카운터로 가더니 잠시 후 쟁반에 베이글을 한가득 들고 돌아왔다. 그러더니 곧장 남자의 테이블로 향했다.

"안녕하세요."

한겸의 인사에 남자와 친구들도 가볍게 고개를 끄덕였다. 그러고는 서로를 보며 아는 사람이냐고 묻는 표정을 지었다.

"전 C AD라는 광고대행사에서 AE를 맡고 있는 김한겸이라고
합니다."

"네? 그런데요."

"불쑥 대화에 끼어드는 게 실례인 줄 알지만 드릴 말씀이 있어
서 이렇게 왔습니다. 이것들 좀 드세요."

"아니, 아니, 괜찮아요. 저희한테 이런 걸 왜 주세요."

친구들은 한겸을 경계하며 빵을 돌려주려 했다. 자신을 수상
하게 여기고 있었다. 한겸은 괜한 오해를 사기 전에 용건부터 꺼
냈다.

"이번에 저희가 광고 제작을 하는데 이쪽 분을 모델로 했으면
합니다."

친구들은 동시에 휠체어를 탄 남자를 향해 고개를 돌렸다. 그
러고는 믿을 수 없다는 표정으로 동시에 입을 열었다.

"얘요?"

"얘를 왜요?"

그것도 잠시, 이내 한겸을 보며 수상하다는 표정을 지었다. 휠
체어를 탄 남자도 마찬가지였다.

"저를요?"

"네, 맞습니다. 물론 테스트부터 받은 다음에 확정은 그다음 이고요."

"저를 왜요?"

한겸은 잠시 고민을 했다. 친구들과 함께 있는 이곳에서 얘기를 한다면 혹시라도 아직 나오지도 않은 광고 내용이 외부로 유출될 수 있었다.

"따로 연락을 드려서 설명했으면 해요."

그럴수록 일행은 한겸을 더욱 수상하게 쳐다봤다. 그때, 휴대폰으로 무언가를 검색하던 한 친구가 입을 열었다.

"C AD라고 했죠?"

"네, 맞습니다. C AD에서 AE를 맡고 있습니다."

검색을 하던 친구는 남자의 옆으로 가더니 휴대폰을 보여줬다. 그러자 다른 친구들도 한겸이 앞에 있는 것도 개의치 않고 휴대폰으로 얼굴을 모았다.

"분마 제작한 회사네."

"여기 내 거 DIO80 화이트 광고 제작한 곳이네. 야, 사진 찾아봐."

"어! 여기 있다. 죽어가는 신발 회사를 살린 대학 동아리. 맞는 거 같은데?"

잠시 휴대폰을 보던 친구들은 한겸과 남자를 번갈아 쳐다봤다. 함께 휴대폰을 보던 남자는 한겸이 정말 C AD의 직원이 맞는 것을 확인했음에도 도무지 이해가 가지 않는다는 표정이었다.

제4장

영웅 I

휠체어에 탄 남자는 친구들을 힐끔 쳐다봤다. 친구들은 휴대폰을 보고 있느라 그 모습을 보지 못했지만, 앞에 있던 한겸은 남자를 볼 수 있었다. 미소를 짓고는 있지만 한 손으로 다친 다리의 옷을 힘껏 움켜쥐고 있었다. 친구들이 걱정할까 봐 밝은 척한 것일 수도 있었고, 스스로 위안을 하려 일부러 밝게 행동했을 수도 있었다.

한겸은 옷이 구겨질 정도 꽉 쥐고 있는 남자의 손을 물끄러미 쳐다봤다. 또래로 보이는데 일순간의 선택으로 평생 장애를 안고 살아가야 했다.

그때, 한겸과 눈이 마주친 남자가 손에 힘을 풀면서 웃었다. 아까는 밝은 사람처럼 보이던 미소가 지금은 억지로 짓는 것이란 게 느껴졌다. 남자는 멋쩍은지 괜히 친구들에게 손가락질을 하며 말했다.

"봤냐? 내가 이 정도야."
"도대체 널 왜? 지금 혹시 몰카냐?"
"뭘 두리번거려! 내가 Y튜버도 아닌데 무슨 몰카냐. 다 내가 잘나서 그렇지."
"어우, 왜 하필 너지? 이거 평생 우려먹겠네."

남자는 친구들을 보고 가슴까지 두드린 다음에 한겸을 봤다.

"저 제가 모델로 적합한 건 이해합니다. 누구라도 탐낼 만한 외모죠."
"하하하, 네, 맞아요."
"그런데 보시다시피 제가 몸이 불편해서요. 왼쪽 다리가 으스러져서 재활하더라도 제대로 걸을 수 있을지 몰라요."

남자는 스스로 현실을 자각하기 위해서인지 일부러 대놓고 말했고, 한겸도 그것을 느꼈다. 만약 남자가 광고에 적합한 모델이라면, 광고를 제작하면서 남자에게도 용기를 줄 수 있을 것 같았다.

"그건 상관없어요. 일단 확정된 건 아니고요. 아까 말씀드렸듯이 테스트를 해봐야 합니다."
"테스트요? 제가 입원 중이라서 나가기가 좀 힘든데요."

"괜찮습니다. 수락만 하시면 오늘은 제가 사진만 좀 찍어 가면 돼요. 그리고 다시 연락드릴게요. 저희 광고에 적합하다고 판단이 되면 그때 자세히 말씀드렸으면 해요."

남자는 잠시 고민을 하더니 이내 결정했다는 듯 고개를 끄덕거렸다. 그러고는 친구들을 살펴보더니 한 친구를 가리켰다.

"야, 옷 좀 줘봐."
"내 옷?"
"사진 찍는데 환자복은 좀 그렇잖아."
"하려고?"
"기회인데 해보게. 기왕 할 거면 잘 해봐야지."

친구들이 고개를 끄덕이더니 저마다 입고 있는 옷이며 신발을 벗으려 했다. 한겸은 웃으며 손을 저었다.

"지금 모습으로도 괜찮아요."
"그래요……? 그럼 세수만이라도 하고 올까요?"
"아하하, 그렇게 하세요."

남자와 친구들은 우르르 커피숍 화장실로 향했고, 한겸은 뒤 테이블에 있는 종훈을 봤다.

"여기서 사진 좀 찍어 가요."

C AD로 돌아온 한겸은 곧바로 팀원들을 불러 모은 뒤 사진을 보여주며 설명했다.

"그러니까 이 사람을 메인으로 스토리가 연결되는 것처럼 하자는 거지?"

"맞아. 이 사람이 아니더라도 방향은 이렇게 가는 게 맞는 거 같아."

"스토리에 몰입도를 올려주니까 그건 확실히 좋겠네. 그런데 왜 이 사람이야? 이름이 뭐야."

"안연성 씨야. 우리가 하려는 파트에서 겹치는 부분이 많더라고. 그래서 찍어 온 거야."

"그럼 이제 우리는 이 사람으로 합성질 해야 되네?"

"어. 그 전에 스토리부터 생각하고. 당장은 각 파트별 마지막만 생각하면 될 거 같거든. 그러고 나서 생각한 장면에 맞는지 확인해 보자고."

이미 예상하고 있었는지 세 사람은 의연한 모습을 보였다. 한겸은 피식 웃고는 말을 이었다.

"어떤 스토리가 좋을까?"

"병원, DooD, JD 이 세 개로 하려고?"

"아직 확정은 아니야. 아직 아무런 대답도 못 들었잖아."

"뭐 네가 그거로 하기로 했으면 된 거나 다름없지. 그런데 좀 적은 느낌인 거 같은데?"

"너무 많으면 더 번잡해 보일 거 같아."

"뭐, 장애인 차별에 관한 것도 넣으면 될 거 같기는 한데. 그런데 너무 따로국밥 같은 느낌 아니냐? DooD 나오다가 갑자기 JD 나오고, 병원 나오고. 아무리 모델이 연관되어 있다고 해도 사람들은 모를 텐데?"

"그래서 그걸 합칠 스토리가 필요하다는 거야."

스토리 구상은 생각보다 오래 걸렸다. 연성을 중심으로 세 가지를 엮는 것이 좀처럼 쉽지 않았다. 한참이 지나도 마땅한 스토리가 나오지 않자 범찬이 의자에 등을 기대며 입을 열었다.

"야, 그냥 차라리 연성 씨 이 사람이 다니는 거 보여줘라. 병원 퇴원하고 보험회사 가고, 그리고 집에 가서 윈드 하면 되겠네!"

"몸이 불편한데 돌아다니는 걸 어떻게 보여줘."

"야, 너 마인드부터가 썩었네! 우리가 광고 왜 만들어!"

대화를 듣던 수정은 어이없다는 표정으로 범찬을 봤다.

"일 좀 했다고 쉬고 싶냐?"

"야, 넌! 어떻게 알았지? 좀 쉬어야지!"

범찬은 쉬고 싶어서 한 말이었지만 한겸은 순간 잘못 생각하고 있다는 것을 깨달았다.

"같은 사람이라는 걸 알려주려고 했는데… 내가 틀렸구나."
"겸쓰, 너는 뭘 또 그렇게까지 반응해!"
"아니야. 네 말이 맞아."
"뭐가 맞아. 그냥 헛소리한 건데."

한겸은 웃으며 일어나더니 전에 우범이 준 자료를 뒤적거렸다. 분야별로 분류를 해놓은 덕분에 그리 오래 걸리지 않았다. 자료 몇 장을 든 한겸은 팀원들에게 내밀었다.

"뭔데. 이건 서울교통공사인데?"
"이건 도시철도공사들이야."
"그리고 이건 버스 회사들이네? 이건 왜?"

한겸은 스토리의 뼈대가 잡혀가자 기분이 좋은지 미소를 지었다.

"범찬이 말처럼 직접 돌아다니는 모습을 보여주는 거야. 버스도 타고 지하철도 타고."
"야, 그럴 거면 직접 운전해서 다니는 게 낫지! 택시 타거나!"

"그것보다는, 많은 사람들이 대중교통을 이용하잖아. 그 사람들하고 다를 게 없다는 걸 보여주는 거지. 요즘 대중교통 시설도 좋아져서 장애가 있어도 잘 타고 다니잖아."

"그게 일부분이지! 버스에 사람 많을 때 휠체어 타고 들어와 봐라. 사람들이 얼마나 싫어한다고!"

"너, 마인드가 썩었네."

"어? 어이가 없네. 좀 전에 내가 한 말이잖아. 광고한다는 놈이 남의 걸 표절해?"

한겸은 피식 웃고는 말을 이었다.

"멀쩡한 사람들도 사람 많으면 힘들잖아. 대중교통에 사람 많으면 누구나 다 힘든 거 아니야?"

"그렇긴 한데. 음⋯⋯."

"장애가 있는 사람도 똑같이 힘들다는 걸 보여주면 될 거 같은데?"

가만히 듣던 종훈이 유독 만족해하는 표정을 지었다.

"맞아. 정말 힘들어. 난 좋은 거 같다. 장애가 있어도 어디든지 갈 수 있다는 걸 보여주는 거잖아. 장애 있는 사람들한테도 용기를 줄 수 있을 거 같고."

"그렇죠?"

"응, 사실 우리 형만 봐도, 몸이 불편한 게 아닌데도 대중교통 이용하기가 쉽지 않거든."

종훈은 형이 장애가 있다 보니 누구보다 긍정적으로 받아들였다. 얘기를 듣던 수정도 괜찮다는 듯 고개를 끄덕이며 말했다.

"스토리 이렇게 해도 괜찮을 거 같아. 병원부터 시작해서 나오는 모습 담고, 그리고 대중교통 타고 이동하는 모습 나오고, 그 다음에 JD나 DooD 가고. 어디부터 가?"

"응, DooD보다는 범찬이 말처럼 JD 가는 게 낫겠지. 보험회사라는 기업이지만 사회적으로 도움을 주는 곳이 있다는 걸 보여주고, 그 안에서 예전의 수직적인 기업문화와 다르게 변해가고 있다는 것도 보여주는 거지. 그러고 나서 DooD에 가서 게임하고."

"그러면 버스 회사나 지하철공사에 협조 구해야 되겠네. 그게 일이겠다. 꼭 출퇴근 시간으로 할 건 아니지?"

"꼭 그렇진 않아. 상황에 맞춰서 해야지. 병원에서 퇴원하는데 출퇴근 시간에 맞출 필요는 없을 거 같기도 하거든."

"그게 맞지. 그럼 기존에 정했던 각 파트 간 구성은 어떻게 할 거야? 다 바꿀 거야?"

한겸은 미리 작업하던 종이를 가져오더니 입을 열었다.

"각 파트별은 기존에 구상했던 대로 하는 게 좋을 거 같아."
"칸 나눠서?"

"응, 각자 다른 행동을 보여줘서 경쟁처럼 보이도록 긴장감을 주기 위해 칸을 세 개로 나눠 진행하는 거지."

"이 사람이 대중교통 타고 이동한다면서? 그동안 옆에 칸들은 따로 행동하고 있자는 거야?"

"그건 아니고. 연성 씨가 이동할 때는 칸 없이 연성 씨만 보이게 이동할 거야. 그리고 연성 씨가 먼저 셋이 모이는 마지막 배경에 도착하는 거야. 그러면서 칸이 나눠지고, 각 칸에 있는 사람들이 마지막 배경을 향해 모이는 거지. DooD도 마찬가지이고."

가만히 듣던 범찬이 의아한 표정으로 지적을 했다.

"JD는 그렇다 쳐. DooD는 인종차별도 보여준다며. 그게 무슨 인종차별이야."

"그러니까 피부색에 구분 없이 친구라는 걸 보여주려고."

"어떻게?"

"원래 알고 있던 사이처럼 보이게 하고서 카피 한마디로 되지 않을까?"

"그러니까 뭘 어떻게?"

"먼저 도착한 연성 씨가 '늦었잖아' 이런 말 한마디 하면 될 거 같은데. 그럼 기존에 알고 지내던 친구라고 생각할 수 있지 않을까? 같이 모험을 떠나는 모습을 보여줘도 괜찮을 거 같고."

가만히 듣던 수정도 대화에 끼어들었다.

"아직 DooD가 확정된 건 아니잖아. 그래도 '늦었잖아' 이건 괜찮네. 그런데 모험을 떠나는 거 보다는 차라리 각자 집에서 게임하는 모습을 보여주는 게 더 낫지 않아? 아니면 대중교통으로 이동하면서 휴대폰으로 메시지를 보낸다든가? 그래야지 IT 강국이라는 것도 알릴 수 있고."

"음, 그거 좋다."

"배경은 그럼 모이기 힘든 곳이 좋겠네."

"DooD에 확인해 봐야겠지만 나도 그게 좋을 거 같아. 그리고 이 파트가 끝나면 짤막한 카피가 나가고 화면이 전환되는 거지. 뭐, 친구라든가."

"JD 대표랑 병원도 비슷하게 나가야 되겠네."

"병원은 윤 프로님이 만들어준 구도가 좋을 거 같아. 진료실에 창이 있는 곳에서 한쪽 창에는 의사, 한쪽 창에는 간호사가, 그리고 가운데에는 병원 밖으로 퇴원하는 연성 씨가 나오게. 그 모습을 담으려면 병원 밖에서 촬영해야 될 거야."

"그냥 차라리 의사만 넣지?"

"두 칸으로 하기는 좀 그래. 다른 파트들과 통일되지 않은 느낌 때문에 집중을 떨어뜨릴 수 있거든. 의사와 환자 구도도 될 수 있고, 환자와 간호사 구도도 되니까 세 칸으로 유지하는 게 좋을 거 같아."

한참이나 스토리 구상이 이뤄졌다. 아직 최종적으로 확정이

된 것은 아니었지만, 그래도 색이 보일 확률을 최대한 높인 채 작업을 시작하는 게 맞다고 생각했다. 잠시 뒤 어느 정도 구상이 끝나가자 한겸이 팀원들에게 말했다.

"스토리는 이대로 진행하는 게 가장 좋겠지? 그럼 이제 윤 프로님이 그려주신 거하고 지금 우리가 짠 거하고 해서 연성 씨 얼굴 좀 넣어보자. 중간에 카피도 넣고 한국관광공사 마크나 장애인협회 마크로 넣어줘."

"그건 왜?"

"광고처럼 보이게."

"뭔 소리야."

지금 작업하는 김에 다른 부분도 확인할 생각이었다.

"카피는 일단은 '사람은 같습니다' 이렇게만 넣어도 될 걸. 생각나는 거 아무거나 일단 넣어도 상관없어."

"알았어."

"지금부터 해서 하나씩 완성되는 대로 보내줘."

한겸의 말이 끝나는 동시에 세 사람은 각자 자리로 돌아갔다. 한겸도 선진이 그려놓은 포스터를 바탕으로 작업을 시작했다.

한참 뒤. 범찬이 자리에 앉은 채 뒤도 돌아보지 않고 큰 소리로 말했다.

"겸쓰, JD 거 보냈어! 대표는 인터넷에 있는 사진으로 했고, 직원 얼굴은 윤 프로님이 그린 걸로 했다."

범찬은 C AD의 초창기부터 함께해서인지 점점 실력이 늘고 있었다. 한겸은 기대하는 표정으로 범찬이 작업한 작업물을 열었다. 일단 색부터 확인해야 했기에 포스터로 제작이 된 상태였다.

'회색이네.'

피부색만큼은 광고가 완성되지 않은 상태에서도 보였기에 색을 보기 위한 작업을 시작했다. 빨갛게 보이지 않는 것만 해도 다행이라 생각할 수 있었지만, 한겸이 찾으려는 색은 회색이 아닌 노란색이었다.

그래야 광고가 완성되었을 때 제대로 된 색이 보였다. 아직 시작 단계이다 보니 포즈가 잘못됐을 수도 있다고 생각한 한겸은 또다시 작업을 시작했다.

*　　　　*　　　　*

며칠 밤을 새워가며 같은 작업을 했음에도 원하는 색을 발견하지 못했다. 그럼에도 한겸이 보기에는 무척이나 잘 어울렸다. 연성의 밝은 표정 덕분인지 포스터 분위기와 잘 매칭되었다. 하지만 DooD 장면에 들어간 포스터 배경은 비율 때문에 원래보다 작게 줄여졌고, 여기에 연성의 사진을 합성하자 원래 보이던 포스터 색마저 사라졌다.

'이 사람은 아니었던 건가…….'

한겸은 한숨을 뱉으며 모니터를 쳐다봤다. 모니터에는 안연성의 사진이 띄워져 있었다. 거의 천 장 가까운 사진들이었다. 하나의 포즈를 연속 샷으로 수십 장 찍었기에 양이 많았다. 한겸은 그중 하나의 사진을 유심히 쳐다봤다. 촬영 당시 안연성이 일어나면서까지 포즈를 취했던 사진이었다. 목발도 없이 벽에 손을 짚고 서 있었다.

"아쉽다……."
"뭐가 또 아쉬워. 마음에 드는 게 없냐?"
"그냥 잘 모르겠네."

범찬은 가만히 생각하더니 뭔가 알아차렸다는 듯 손가락을 튕겼다.

"내가 봤을 때는 우리가 잘못한 게 없는 거 같아."
"나도 그렇게 생각해. 이렇게 보기에는 괜찮아 보이는데 뭔가 아닌가 보네."
"뭘 아니야. 표정 좋기만 하고만. 특히 JD 대표 봐. 뭘 해도 다 어울리는 거 같아."

한겸도 고개를 끄덕거렸다. JD 손해보험의 대표는 신기하게도 노란색으로 보이고 있었다. 하지만 연성은 아니었다. 배경을 바꿔보아도, 포즈를 바꿔보아도 어떤 방법을 쓰더라도 회색이었다. 그때, 범찬이 툭하니 말을 뱉었다.

"이거 구도가 잘못된 거 아니냐?"
"응?"
"그러니까 윤 프로님한테 다시 그려달라고 그래. 이건 윤 프로님이 잘못한 거야."

범찬의 말을 듣던 수정이 어이가 없다는 표정으로 혀를 찼다.

"최범찬, 미쳤냐? 너 게임하러 가고 싶어서 일찍 퇴근하려고 윤 프로님한테 떠넘기냐?"
"아니거든?"
"너 윈드 오픈베타 하고 있는 거 다 알거든?"
"네가 어떻게 알아?"
"너 DooD 계정 나랑 친구 추가 되어 있는데 왜 몰라."
"어? 언제 했어?"
"DooD 알아볼 때 했잖아. 어제도 늦게 퇴근했는데도 접속했다고 뜨더만!"
"난 그냥 게임하려는 게 아니라 미리 알아보는 거지. 우리

DooD도 해야 되잖아."

자기 일 다 하면서 남는 시간에 게임을 하는 것이었기에 그
에 대해서 지적할 생각은 없었다. 게다가 범찬의 말처럼 어차피
DooD에 대해서도 알아야 했다. 한겸은 다시 사진을 물끄러미
봤다.

"안 되겠다. 범찬이 말처럼 윤 프로님하고 다시 얘기 좀 해봐
야겠네."

"그래, 막힐 때는 처음부터 다시 해야지."

"작업한 거 프린트부터 해야겠다."

"프린트는 왜?"

"윤 프로님하고 같이 보려면 그게 더 편할 거 같아서."

"그렇긴 하지. 다 뽑을 건 아니지?"

"다 뽑아야지. 어차피 내가 뽑으면 되니까 그동안 작업이나
하고 있어."

한겸은 파일들을 프린트하기 시작했다. 양이 많다 보니 인쇄
만 눌러놓고 다시 사진을 보고 있었다. 그때, 범찬이 갑자기 큰
소리로 외쳤다.

"어우! 겸쓰! 스톱, 스톱!"

"왜?"

"야! 넌 애가 왜 확인을 안 하냐! 이거 괜히 잉크 날려서 헛돈

나가는 거 아니야!"

"뭔 소리야?"

"복합기 또 고장 났다고! 네가 직접 확인해! 이게 도대체 몇 장이야."

한겸은 인쇄를 멈추고 프린트된 종이를 살폈다. 예전에 복사를 할 때처럼 마지막 3분의 1가량이 인쇄가 되지 않았다.

"이런 데서부터 아껴야 된다고! 겸쓰 넌 같은 오너이면서 회사 자재를 너무 안 아끼는 경향이 있어. 그리고 할 거면 이면지에다 하지!"

"몰랐어. 음, 거의 다 나온 거니까 이대로 가져가도 될 거 같긴 하네. 사무실에 복합기 신청해."

어차피 전부 확인을 했던 것들이었고, 윤선진과 새로운 구도를 짜기 위한 자료이다 보니 크게 문제 될 건 없어 보였다. 구도나 포즈만 보이면 되었기에 그 부분이 잘 나왔나 한 장씩 살피기 시작했다.

그때, 한겸이 다른 종이들을 내려놓고 한 장만 들고는 뚫어져라 쳐다봤다.

"야! 이건 왜 버려! 이면지로 쓰라고!"

"잠깐만."

한겸이 들고 있는 종이는 세 개로 나뉜 각각의 칸에 JD 손해보험 대표와 직원, 그리고 안연성이 서 있는 포스터였다. 가운데에는 범찬이 마음대로 적은 빨간 카피가 보였다.

「너도 똑같아.」

뭔 생각으로 저런 카피를 적었는지 모르겠지만, 그것이 중요한 게 아니었다. 안연성의 피부색이 노란색이었다. 분명 모니터로 확인했을 때는 회색이었는데 지금은 노란색이었다. 한겸은 혹시 자신이 잘못 본 건가 해서 종이를 다시 쳐다봤다. 확실히 노란색이었다.

'모니터에서 내가 잘못 봤던 건가?'

한겸은 다시 컴퓨터 앞에 앉은 뒤 작업 파일을 찾기 시작했다. 잠시 뒤 같은 포스터를 찾았다. 그런데 모니터의 포스터에는 안연성이 회색으로 보이고 있었다. 한겸은 모니터와 종이를 비교해 가며 살폈다.

"겸쓰, 너 뭐 하냐? 표정 보면 뭐 좋은 아이디어 떠오른 거 같은데? 뭔데!"

범찬의 말에도 정신없이 모니터와 종이를 비교하던 한겸이 침을 삼키며 입을 열었다.

"아… 전체적으로 보면 이 그림이 훨씬 극적으로 보이겠구나."

한겸은 윈드의 배경으로 제작한 포스터에서 연성의 다리 부분이 보이지 않게 조정했다. 그러자 연성의 포즈가 광고와 잘 어울렸는지, 회색이었던 배경에서 다시 색이 보였다.

"이거네. 그럼 윈드 가상현실도 꼭 필요해지네."
"뭐임! 뭐임! 대체 뭐임! 나한테도 말해줘!"

이유를 알아차린 한겸의 목소리가 들떠서인지 수정과 종훈도 하던 일을 멈추고 옆으로 다가왔다.

"이거 봐."

한겸이 넘긴 종이를 본 수정은 고개를 갸웃거렸다.

"프린트 되다 만 거? 이렇게 보니까 그냥 멀쩡한 환자 같네. 멀쩡한 환자는 좀 이상한가?"
"아니야, 정확해. 만약 환자복이 아니면 다리 다친 사람으로 안 보이지?"
"그럴 거 같은데?"

한겸은 무척이나 밝은 표정으로 프린트된 종이를 내밀며 말했다.

"끝나기 전까지 계속 이런 식으로 나오는 거야. 대중교통을 타고 이동할 때도 상체 위주로 나오고, 병원에서도 상체만, 그 외에도 다른 모든 파트에서도 계속 상체만 나오는 거야. 장애가 있다는 걸 사람들이 전혀 알아볼 수 없도록."

"그런 다음에?"

"파트가 바뀌는 부분마다 카피를 넣는 거지. '똑같습니다', 이런 식으로. 그리고 파트들이 나온 뒤 광고 마지막에 버스에서 내리면서 상반신이 아닌 전체를 잡아주고, '같은 사람입니다' 이런 거나 '나도 할 수 있습니다' 이런 식으로 하면 될 거 같아. 스토리에 메인 모델도 있고 내용도 훨씬 극적이지."

팀원들은 한겸의 설명을 들으며 어떤 그림을 그릴지 상상했다. 잠시 뒤, 팀원들은 광고를 제작한 경험이 있어서인지 한겸이 말한 것을 빠르게 이해했다. 종훈은 펜을 가져와 간단하게 그림까지 그렸다.

"스토리보드를 만들어보니까 잘 알겠네."

"괜찮죠?"

"응. 전보다 이게 훨씬 좋다. 이전 거는 자칫 잘못하면 장애인 차별 금지 광고로만 볼 수도 있었잖아. 그런데 앞에서 장애인이라는 걸 안 보여주면서 다른 내용을 얘기하니까, 인종차별뿐만 아니라 모두가 같다는 걸 강조할 수도 있으면서, 장애가 있어도 대중교통을 편리하게 이용할 수 있다는 것도 보여주고. 장애인에 대한 애기이기도 하고."

"그리고 마지막에 공개되니까 훨씬 인상적이기도 할 거 같거든요."

"괜찮은 거 같네."

한겸은 만족스러운 듯 웃으며 포스터를 쳐다봤다. 그때, 범찬이 갑자기 복합기에 다가가더니 손을 올렸다.

"합기야, 고장 난 게 아니었구나. 네가 한 건 했네. 이제 너도 C AD 기획 팀원이야."

고장 난 복합기의 도움을 받은 한겸은 피식 웃었다. 만약에 복합기가 고장 나지 않았더라면 다시 모델을 찾아야 했을 것이다.

한겸도 범찬처럼 복합기를 칭찬하고 싶은 마음을 참고, 팀원들을 보며 말했다.

"그럼 이제 다른 것도 이렇게 바꿔보자. 병원부터 바꿔본 다음에 괜찮으면 안연성 씨하고 계약하자."

"일반인이니까 모델료는 쌀 거 같은데 그래도 촬영 기간이 꽤 될 거 같단 말이지. 뭐로 계약해? 우리 돈으로?"

"관광공사나 보건복지부 아니면 장애인협회에 예산 받아서 줘야지."

"1년 뒤에? 겸쓰 너 같으면 외상으로 일하고 싶냐?"

한겸 역시 범찬의 말에 동감이었다. 그래서 며칠 전 안연성과 친구들의 대화를 들으며 생각해 둔 것이 있었다.

                    *   *   *

DooD의 홍보 팀장 임진혁은 월드 오브 윈드 팀의 회의에 참석하고 있었다. 며칠 전 첫 주 차 결과에 대한 회의를 진행할 때만 하더라도 파티 분위기였다.

DooD의 신규 가입자 수도 다른 분기에 비해 껑충 뛰었고, 윈드 동시 접속자만 하더라도 지금까지 나온 MMORPG게임 중 가장 많은 수를 기록했다.

하지만 불과 며칠 만에 모든 것이 분위기가 바뀌었다. 지금 자료에 나타난 지표를 보면 좋아할 수가 없었다. 게임이 오래갈 수 있는지 예측하기 위해서는 초반 레벨의 유저들이 얼마나 되는지를 살펴야 했다.

그런데 지금 보고 있는 자료에선 레벨 업이 쉬운 초반임에도 레벨이 멈춰 있는 유저들이 상당했다. 한마디로 다시 접속을 하지 않는다는 뜻이었다. 그 수가 예측 범위에서 훌쩍 벗어난 상태이다 보니 윈드 팀은 비상이었다.

"지금 상태로 보면 다음 주만 돼도 윈드를 즐기는 유저들 또한 빠져나가는 유저가 많다는 걸 느낄 겁니다."

"음, 한 주 만에요?"

"그렇게 예상됩니다. 그래서 개발 팀과 얘기를 나눠봤는데 우선은 즐기고 있는 유저들만이라도 붙잡아야 된다는 것으로 의견이 일치했습니다. 그래서 일정 시간 접속을 하면 선물을 주는 건 어떨까 합니다. 골드나 추가 경험치 물약 정도로 생각합니다."

각 팀들의 대표들은 저마다 의견을 내놓기 바빴다. 하지만 진혁은 입을 다물고 있었다. 명백한 홍보 실패였다. 지금은 다른 팀에서 내놓는 의견을 어떻게 홍보할지 구상하는 것밖에 할 게 없었다. 그때, 월드 오브 윈드 팀을 이끄는 부사장이 입을 열었다.

"지금 유저들이 접속하지 않는 이유 중 과장광고라는 이유가 가장 크죠? 언론사를 통해서 윈드 사양에 대해 알린 걸로 알고 있는데요. 임 팀장님, 맞습니까?"

"네, 맞습니다."

"그런데 어째서 이런 일이 발생한 거죠? 개인 방송 하는 스트리머들 중에도 윈드를 욕하는 사람이 많은 것 같더군요."

"게임 사양은 기사를 통해 분명히 알렸습니다. 그리고 홈페이지를 통해서 윈드 사양에 대해 알린 상태입니다. 다만……."

"다만?"

"저희 홍보 팀이 알아본 바에 의하면 광고의 임팩트가 너무 컸다는 분석입니다. 광고를 보고 기대치가 한껏 올라가 있는 상태에서 막상 게임을 해보니 다르다는 것이 문제였습니다."

"광고를 잘 만들어도 문제군요. 이걸로 다시 시대가 바뀌었다는 게 느껴지는군요. 요즘은 게임만 잘 만든다고 되는 게 아닙니다."

차라리 다른 게임 회사들처럼 연예인을 등장시키거나 아예 과장되게 광고를 했다면 이런 일이 없었을 것이다. 게임 배경이라고 소개한 안내 문구가 이렇게 발목을 잡을 줄 예상하지 못했다.

유저들 중에선 컴퓨터에 대해 잘 몰라서인지 게임 사양을 보지도 않고 윈드를 하기 위해 성능이 좋은 컴퓨터를 준비하는 사람도 있었다. 게다가 스트리머들 중 일부가 소비자를 기만하는 DooD를 불매하겠다는 영상을 올렸다.

그러자 그들의 시청자들도 불매에 동참했고, 그런 사람들이 늘어갈수록 대중은 DooD에서 나온 게임을 하는 사람들을 한심하게 여겼다. 아직은 초반이기에 극히 일부였지만, 만약 저런 사람들이 늘어난다면 윈드가 망하는 건 정해진 수순이었다.

더 심각한 건 이게 한국에서만의 문제로 끝나지 않을 것이라는 사실이었다. 온라인으로 세계가 연결되어 있다 보니 이런 문제가 알려질 건 확실했다. 윈드를 서비스하겠다는 해외 게임 플랫폼도 지금 상황을 주의 깊게 지켜보고 있을 것이었다.

상황이 안 좋게 흘러가다 보니 진혁은 전에 미팅을 했던 한겸의 말을 떠올릴 수밖에 없었다. 여전히 안내 문구 때문만은 아닐 거라고 생각하고 있지만, 만약에 한겸이 보낸 자료처럼 제대로 안내 문구를 적었다면 이렇게까지 일이 커지진 않았을 수도 있었다는 생각이 들었다. 그때, 부사장이 결정을 내린 모습으로 입을 열었다.

"유저들이 원하는 대로 광고를 바꿉시다."

그와 동시에 모든 임원들이 놀란 표정을 지었다. 영상 제작 팀장이 난감한 표정으로 말했다.

"그게 윈드 가상현실 개발 팀하고도 엮여 있어서 저희만의 문제가 아닙니다. 지금 광고 제작 기간만 4개월이 소요됐습니다. 그것도 외주업체들과 함께했는데도 그만한 시간이 걸렸습니다."

"어쩔 수 없는 거 아닐까요? 이렇게 윈드가 망하게 되면 가상현실 게임도 끝이겠죠."

"들어간 제작비도 무시할 수 없는 수준이라서……."

"실패한 걸 붙잡고 있어봤자 아무런 도움이 안 됩니다. 서둘러서 바꾸는 게 나을 것 같군요."

"그게… 기간도 문제입니다. 원래 광고는 정식 서비스까지 계속 사용할 예정이었습니다. 그런데 지금 새로 제작하면 곧바로 내놓을 영상을 제작해야 되는데 그럼 기간이 너무 짧습니다."

"그럼 오픈베타용 따로, 정식 서비스용 따로, 이렇게 제작하면요?"

"그것도 저희 제작 팀만으로는 불가능합니다."

"2주를 드려도 안 됩니까?"

"최선은 오픈베타는 말 그대로 오픈베타로 생각하고, 정식 서비스에 초점을 두고 광고를 제작하는 것이 가장 좋은 방법 같습니다."

제작 팀장은 자신의 입장에서 의견을 내놓았다. 하지만 다른 팀장들은 동의하지 못하는 얼굴이었다. 사실 진혁도 제작 팀장의 말에 동의하지 못했다. 오픈베타는 정식 서비스 전 유저를 유입시키는 게 가장 큰 목적이었다.

회의 내내 질문에 답만 하던 진혁은 잠시 고민을 하다가 이내 결정했다는 듯 입술을 깨물었다. 그러고는 조심스럽게 손을 들었다.

"지금 광고를 조금 바꾸는 방식은 어떨까 합니다."

진혁에게 시선이 집중되었다. 진혁은 목을 가다듬고 말을 이었다.

"오픈베타 전에 분마를 제작한 C AD와 미팅을 가졌습니다."

"압니다. 해외 유저들을 초대하자는 제안을 한 곳이라고 들었습니다. 그런데 보고서 보면 큰 내용은 없었던 거로 압니다만."

"저도 크지 않다고 판단했습니다. 그런데 결과를 보니 아닐 수도 있다는 생각이 들었습니다. C AD의 AE가 저희 광고의 안내 문구를 바꾸는 게 좋을 거라고 지적했었습니다. 하지만 이미 회의에서 만장일치로 통과된 상태였기에 고치는 건 아니라고 판단했었습니다."

"음. 문구만 바꾸라는 말이었습니까?"

"안내 문구와 함께 같이 들어갈 영상도 보냈습니다. 영상은 아니고 포스터였습니다. 저기 저 포스터입니다."

"바람이 시작되는 곳 말입니까?"

"네, 일단 C AD의 조언을 구하는 건 어떨까 합니다."

진혁을 오래 봐왔던 부사장은 내심 놀랐다. 뭐든지 자신들의 손으로 할 수 있다고 자신만만하던 사람이었다. 그리고 반드시 결과로 보여주었다. 그렇기에 홍보 팀 탓을 하기도 애매했다. 그런데 그런 사람의 입에서 다른 회사에게 조언을 구하자는 말이 나왔다.

"얼마나 걸립니까?"

"바로 연락해 보겠습니다."

　　　　*　　　　　*　　　　　*

　한겸은 다시 아산에 있는 충무병원을 찾았다. 이번엔 커피숍
이 아닌 안연성의 병실이었다. 그래서 안연성의 어머니도 함께
자리한 상태였다.

　연성의 어머니도 한겸에 대한 얘기를 들었는지 방문을 꺼리지
는 않았다. 하지만 그렇다고 반기는 것도 아니었다. 그런 어머니
때문인지 연성은 자꾸 나가려 했다.

　"그냥 전화로 말씀하시라니까 이렇게 찾아오셨어요. 저번에
갔던 커피숍이라도 갈까요?"

　"아니에요. 해야 될 말이 많아서 여기가 좋을 거 같아요."

　아무래도 연성이 환자이다 보니 보호자도 함께 듣는 게 좋을
것 같았다. 한겸은 우선 가방에서 준비한 포스터를 꺼냈다.

　"일단 한번 보세요."

　"어! 저네요? 이렇게 보니까 멀쩡해 보이네. 아……."

　연성은 어머니의 눈치를 봤고, 한겸도 덩달아 연성의 어머니
를 살폈다. 아무런 말도 하지 않고 있지만 못마땅해하는 것이 표
정으로 드러났다. 자식이 평생 장애를 안고 살아야 하는데 부모
마음이 편할 리가 없었다.

"저희가 이번에 모든 사람은 같다는 주제로 광고를 제작하려고 합니다. 내용은 구상 중이기는 한데 아직 확정은 아니에요. 그래도 말씀드리자면 의사와 환자와의 관계, 직위에 따른 사람들의 관계, 그리고 인종차별 관계 등으로 진행하면서 장애가 있든 없든 사람은 같다는 걸 보여줄 거예요. 연성 씨는 모든 스토리를 끌고 나가는 메인 모델이 될 거예요."

"제가요? 뭐 테스트 같은 거 한다고 하셨잖아요?"

"네. 그건 사진으로 했어요. 그래서 저희는 연성 씨가 꼭 저희 모델을 해주셨으면 합니다."

"아……."

그때, 가만히 듣고 있던 연성의 어머니가 갑자기 대화에 끼어들었다.

"모델료도 받나요?"

"엄마! 진짜 왜 그래."

"왜 그러긴 뭘 왜 그래! 평생을 그렇게 살아야 되는데 돈이라도 모아놔야 할 거 아니야! 그러니까 남들처럼 취업 준비만 하라니까 위험하게 오토바이 배달은 왜 해!"

"아, 좀 그런 건 나중에 얘기해."

"그러니까 네가 뭐라고 사람을 구해! 그렇게 경찰 되고 싶어 했으면서 이제는 어떡할 거야! 아이고, 너 때문에 엄마 죽는 건 안 보여?"

연성은 민망한지 한겸을 쳐다보지도 못했다. 그럼에도 한겸은 괜찮다는 듯 어머니의 말이 끝나길 기다렸다. 자신만 하더라도 부모님이 색을 볼 수 있게 해주려고 온갖 방법을 동원했었기에 연성 어머니의 마음을 충분히 이해했다. 두 사람이 조금 진정되자 한겸은 연성의 어머니에게 신뢰감을 주기 위해 목을 가다듬은 뒤 입을 열었다.

"모델료에 대한 건 확답을 드리기는 아직은 어려워요. 저희는 보건복지부하고 한국관광공사에서 예산을 받을 예정이거든요. 모델료는 대부분 광고주가 책정을 하고 있어요."

"정해진 것도 없다는 거예요?"

"지금은 그렇습니다. 그래도 반드시 광고를 내보낼 자신 있습니다. 그리고 연성 씨의 모델료도 일반인들의 평균 모델료보다 높게 책정이 되도록 돕겠습니다."

"참… 그럼 만약에 우리 연성이가 모델을 한다 쳐요. 그럼 다음에도 또 다른 모델로 계속 살아갈 수 있는 건가요?"

"그 부분은 제가 확답을 드리기는 어려워요."

"그러면 광고가 안 나가면 그 기간 동안 헛짓거리를 한 게 되는 거네요?"

"광고는 반드시 나갈 겁니다. 저희도 지금 최선을 다하고 있거든요. 해외 광고제에 출품까지 염두하고 있습니다."

연성은 깊은 한숨을 뱉으며 어머니를 바라봤다.

"엄마, 좀……."

"뭘 좀이야! 앞으로 뭐 먹고 살 건데! 그런 것도 지금부터 다 생각해 둬야지."

한겸은 이번에는 어머니와 연성을 번갈아 봤다. 지금 꺼내려는 얘기는 민감할 수 있는 부분이었기에 무척 조심스러웠다.

"저번에 듣기로는 보험회사에서 과실을 2:8로 잡았다는 얘기를 들었어요."

"애만 괜찮으면 그깟 돈이야 상관없죠! 다리만 멀쩡하게 해준다면야 십억! 백억도 줍니다!"

"백억은 있고?"

"그럴 수만 있다면 엄마를 팔아서라도 구해 오지! 그런데 보험 얘기는 왜 하세요?"

한겸은 목을 가다듬고 입을 열었다.

"그 전에 혹시 어디 보험인지 알 수 있을까요?"

"우리는 하나보험이요."

"상대방은요?"

"JD라고 들었어요."

"아, 잘됐네요. 그럼 병원비와 치료비는 어떻게 처리하세요?"

"책임보험 뭐 어쩌고 그래서 1,200만 원 정도 나오고, 나머지는 우리가 부담해야 된다네요."

"그렇군요. 그 문제에 대해서 JD하고 얘기를 하려고 하거든
요."

"무슨 얘기를요?"

"보험금에서 벗어나는 입원비와 치료비 일체를 JD에서 내라고
하려고요."

지금 당장 연성에게 모델료를 지급할 수도 없었다. 연성에
게 제안을 하려면 무언가를 보여줘야 했기에 생각해 둔 것이
었다.

"네? JD 손해보험하고 무슨 관련 있는 분이세요?"

"그런 건 아니고요. 이제 이번에 제작하려는 광고에 JD에 관
한 내용도 들어가거든요. 그래서 그런데, 연성 씨가 좋은 일을
하셨잖아요."

"좋은 일은 무슨!"

"네, 어머님 마음 이해해요. 그래도 남들은 칭찬할 만한 일
이라고 생각해요. 그래서 그 내용을 기사화하면 어떨까 합니
다."

연성의 어머니는 자식의 이름이 남들 입에 오르내리는 게 걱
정되는 눈치였고, 연성도 판단이 되지 않는 표정이었다.

"누구라도 선뜻 하지 못할 일을 자신까지 희생하면서 행한 연

성 씨의 행동을 남들도 알아야 한다고 생각해요. 이 시대의 히어로가 아닐까 생각합니다. 그래서 기사를 본 다른 사람들도 조금이나마 타인을 배려하는 마음을 갖게 만드는 건 어떨까 합니다."

연성이 수락을 하지 않는다면 준비한 모든 것들이 물거품이 되어버렸다. 때문에 한겸은 미소 속에 초조함을 숨긴 채 연성의 대답을 기다렸다.

연성은 잠시 고민을 하더니 어머니를 힐끔 쳐다봤다. 그러고는 다시 한겸을 보며 물었다.

"정말 치료비 일체를 JD에서 내줄 수 있는 거예요?"

"그렇게 만들려고 기사를 내보내자는 거예요."

"그렇군요……."

"만약에 JD에서 도움을 주지 않더라도 기사가 나간다면 많은 곳에서 후원 문의가 올 거예요."

"저희 집이 그렇게 어려운 편은 아닌데……."

"꼭 어려워야지만 도움을 받는 건 아니죠. 그리고 어머님이 걱정하시는 취업 부분에도 도움이 될 거예요."

"그럼 제가 뭘 해야 하나요."

"인터뷰만 하시고 그다음은 그냥 움직이실 수 있게 빨리 회복만 하시면 돼요."

연성은 아무것도 안 해도 된다는 말을 못 믿는 표정이었다.

한겸은 웃으며 입을 열었다.

"JD에서 홍보를 하는 게 더 많은 사람이 볼 수 있을 거예요."

"그런데 JD 손해보험에서 홍보를 왜 해줘요… 우리 보험사도 아니고 상대측 보험사인데."

"해주게 만들어야죠. 저희 광고에 들어갈 다른 곳도 같이하면 좋을 텐데 그 부분은 조금 아쉽네요."

"다른 곳이요?"

"앞서 설명했듯이 파트가 나눠져 있거든요. 그중 하나는 연성 씨도 잘 알고 계실 거예요. DooD라고."

설명을 듣는 내내 큰 변화가 없던 연성의 눈동자가 크게 흔들렸다.

"DooD요? 윈드 만든 그 회사 말씀하시는 거죠?"

"네, 저희가 제안을 하고 있는 중입니다. 저번에 듣기로는 윈드를 해보고 싶어 하신다고 들었어요."

"요즘 욕 좀 먹던데. 그리고 꼭 해보고 싶다기보다… 그런 건 나중에 따로. 퇴원까지 한 달은 남았어요. 그리고 제대로 걸을 수도 없는데 그래도 괜찮나요?"

어머니의 눈치가 보였는지 연성은 멋쩍게 웃으며 말을 돌렸다. 분위기를 알아차린 한겸은 미소를 지으며 다른 얘기를 꺼내려

했다. 그때, 한겸의 휴대폰이 울렸다. 번호를 확인한 한겸은 기다리던 전화였기에 연성에게 잠시 양해를 구했다.

─C AD 김한겸 씨 되십니까?

"네, 안녕하세요."

─저 저번에 뵀던 DooD의 임진혁이라고 합니다. 다름이 아니라 저희한테 보내주신 자료 때문에 연락을 드렸습니다. 혹시 지금 만나 뵐 수 있을까요?

한겸도 DooD에 대해서 눈을 떼지 않고 있었기에 어떤 일이 일어나고 있는지 어느 정도는 알고 있었다. 빨갛게 보이던 안내 문구가 문제가 되고 있었다.

처음부터 자신의 말을 들었다면 이런 일도 없었을 것이다. 문제가 터진 이상 늦은 감이 있었지만, 한겸에게는 DooD의 가상 현실 공간이 꼭 필요했다.

      *   *   *

진혁이 연락한 이유는 아마도 메일로 보내줬던 수정 사항을 사용하고 싶다는 얘기를 하기 위함인 것 같았다. 한겸은 일을 빠르게 진행하기 위해 말을 돌리기보다 직접적으로 얘기를 했다.

"안내 문구랑 포스터 때문에 그러시는 거죠?"

─네, 맞습니다. 그 부분을 저희가 사용해도 될까 해서 연락을 드렸습니다.

"하셔도 되죠. 안내 문구야 누구 거라고 정해진 것도 없는 데다가 포스터도 윈드 팀에서 제작한 거잖아요. 그러니까 마음껏 하셔도 돼요. 저희가 그 부분에 대해서는 문제 삼을 일은 없습니다."

한겸은 DooD에 했던 제안을 다시 생각해 달라는 말을 하고 싶었지만 지금은 때가 아니라는 생각에 꾹 참았다. 자료를 보낸 지 한참이 지났는데 이렇게 연락을 해온 것만 봐도 정신이 없을 것이었다. 그런 상황에 제안을 해봤자 거부감만 들 것 같았다. 그래도 포스터를 사용하겠다는 것만으로도 기회가 생긴 셈이었다.

"그 포스터를 이용해 재제작 들어가셨나요?"

─아직입니다. 먼저 김한겸 씨한테 알리는 게 순서 같아서요,

"그 포스터를 어떤 식으로 사용하실지 아이디어는 나오셨나요?"

─그것도 아직입니다.

"그럼 제가 좀 도움을 드려도 될까요?"

─네⋯⋯?

"제가 그 포스터가 어울릴 거 같다고 생각한 이유가 있거든요. 기왕이면 바꿀 때 제대로 바꾸는 게 좋지 않을까 해서요.

서울 가면 한 5시 정도 될 거 같은데 DooD 본사로 가도 될까
요?"

한겸의 제안이 갑작스러웠는지 잠시 아무런 말이 들리지 않았
다. 조금 부끄럽기는 했지만 한겸은 진혁이 선택하기 쉽도록 돕
기 위해 입을 열었다.

"제가 잘못된 안내 문구를 보면서 생각한 겁니다."
─음······.

DooD에 생긴 문제가 안내 문구 때문이라는 걸 누구보다 잘
아는 진혁은 거절할 수가 없었다.

─저번처럼 홍보 팀으로 오시면 됩니다.
"그럼 자세한 얘기는 만나서 하죠. 지금 제가 미팅 중이라서
요."
─네, 기다리겠습니다.

통화를 마친 한겸은 만족스러운 미소를 지었다. 그러고는 연
성을 보며 말했다.

"DooD도 얘기가 잘될 거 같네요."

그러자 연성의 어머니가 궁금하다는 듯 물었다.

"DooD가 뭐죠?"

"게임 회사입니다."

"이런, 이런! 안연성! 너 그러고 게임을 하고 싶어?"

한겸은 서둘러 억울해하는 연성을 도왔다.

"연성 씨가 게임을 하는 건 아니고요. 저희 광고에 일부분이 들어가서 얘기가 나오는 겁니다."

"그런 거죠? 내가 괜히 이러는 게 아니라, 기사 나오고 그랬는데 게임이나 하고 있으면 사람들이 안 좋게 볼 거 같아서 그래요."

"기사 나오는 건 찬성하시는 거죠?"

"휴, 그래야죠. 그래도 어떻게 하다 다쳤는지 사람들이 알아야지 속이 그나마 덜 썩을 거 같네요. 그런데 이런 말하기 미안한데요. JD 손해보험에서 어떻게 병원비를 내준다는 거죠?"

"영웅이잖아요."

"지 몸 아낄 줄도 모르는 놈이죠. 영웅은 무슨… 그런데 우리 연성이처럼 누굴 돕다가 다쳤다고 병원비를 내주는 건 아닌 걸로 알고 있는데요."

"맞아요. 그런데 JD하고 얘기가 잘되면 연성 씨를 시작으로 다른 분들도 도움을 받게 될 겁니다. 완전히 확실해지면 다시 말씀드릴게요. 그럼 연성 씨는 제가 다시 찾아뵙는 거로 하고, 오늘은 이만 가볼게요."

한겸은 만족스러운 미소를 지으며 자리에서 일어났다.

＊　　　＊　　　＊

약속 시간에 맞게 DooD에 도착한 한겸은 진혁과 마주했다. 진혁의 얼굴에는 처음에 만났을 때 보이던 여유가 사라져 있었다.

"상황이 많이 안 좋은가 보네요."

진혁은 대답 대신 씁쓸한 미소를 보였다. 게임 회사는 게임으로 승부를 보면 된다고 자신 있게 말했었기에 지금 이런 모습을 보여주기 힘들었다.

하지만 도움을 청하기 위해 약속을 정했으니, 거짓 없이 현 상황에 대해 한겸에게 꺼내놓았다.

"그러니까 너무 잘 만든 광고 때문에 오해가 생겼고, 그게 소비자를 우롱하는 거라고 보고 있다는 거네요."

"네."

"그런데 왜 광고는 안 바꾸신 거예요?"

"이제 바꾸려고 합니다."

"좀 늦은 감이 있는데. 임 팀장님도 아시겠지만, 광고를 만들 때 사람들의 시선을 한눈에 사로잡을 수 있도록 만들잖아요. 그만큼 사람들에게 인식이 빨리 되는데 잘못되었다고 판단했으면 빨리 내렸어야 해요."

"이런 반응이 나올 거라고는 예상하지 못했습니다. 그리고 유저들도 유독 저희 DooD에만 평가가 냉정하다는 이유도 있는 것 같습니다."

"그만큼 기대치가 높으니까 그런 거겠죠. 그런데 지금 광고가 이미 많은 사람들에게 공개가 되어서 광고를 바꾼다고 하더라도 큰 효과는 없을 거 같네요."

진혁에게 자세한 얘기를 듣기 전까지만 하더라도 광고를 바꾸면 가능성이 있을 거라 생각했다. 하지만 진혁이 준비한 자료를 보면, 새로 만들지 않는 이상 지금의 광고를 수정하더라도 큰 효과를 볼 수는 없을 것 같았다. 그런데도 DooD에서는 미련을 버리지 못하고 있었다.

"음, 저는 외부인이니까 DooD의 결정에 왈가불가할 순 없을 거 같아요. 전 어떤 식으로 광고를 바꿀지만 말씀드리는 게 낫겠네요."

"감사합니다. 그런데 그 부분 때문에서만 연락드린 게 아닙니다. 광고 말고 다른 부분에서도 조언을 듣고 싶어 연락을 드렸습니다."

한겸은 뜻밖의 얘기에 약간 놀랐다. 진혁에 대해 판단하기로는, 남의 얘기라고는 들을 것 같지 않아 보일 정도로 자신의 실력을 믿는 사람으로 보였다. 그래서 마케팅 부분에서 조언을 구할 거라고는 생각지 못했다.

"마케팅 팀이 따로 있지 않나요?"

"윈드는 홍보 팀과 마케팅 팀이 한 팀입니다. 사실 저희도 많은 이벤트를 준비하고 있는데 지금 같아서는 전부 효과가 없을 것 같습니다."

"어떤 건지 알 수 있어요?"

"네, 준비했습니다."

한겸은 진혁에게 건네받은 자료를 천천히 살폈다. 전부 게임에 관련된 내용들이었다.

"당신의 영웅을 소개하세요? SNS에 자기 캐릭터 올려놓음으로써 선물 받고 홍보하는 건데 이건 이벤트라기보다는 다단계 홍보네요."

"후후… 그렇죠."

"여기 있는 것들이 전부 그런 식이네요."

"맞습니다. 그래서 김 프로님께 조언을 얻어보려는 겁니다. 지금 준비하는 마케팅들은 윈드를 즐기는 유저들을 대상으로 기획한 것들입니다. 분명히 성공할 거라고 예상하고 만든 것들이라서……."

"기존 유저들이 좋아할지 안 할지 그건 모르겠지만 일단 대상은 전부 게임을 하는 사람들이네요. 지금 DooD의 문제는 욕하는 사람들이 호감을 갖도록 만드는 게 중요할 거 같은데요."

한겸도 약간 난감했다. 지금 기획 중인 광고에 윈드의 가상공간 배경이 필요한데 사람들에게 이렇게 인식이 좋지 않아서는 문제가 될 수 있었다. 게다가 연성이 그 배경에서 색이 보이는지 확인하지도 못한 상태였다.

그것만이라도 먼저 확인해 보고 싶다는 생각이 들었다. 그때, 한겸의 머리에 괜찮을 것 같은 아이디어가 떠올랐다. 한겸은 다시 진혁이 준 자료들을 살폈다.

"여기도 있고, 여기도 있네. 대부분 있구나."

"어떤 게 있다는 거죠?"

"아, 이벤트 문구랑 내용에 들어간 거요. 전부 영웅이라는 말이 나오길래요."

"그 부분이 이상한가요?"

안내 문구로 한번 데여서인지 진혁은 무척 진지한 표정으로 문구를 살폈다. 하지만 한겸이 말한 의도는 그것이 아니었다. 한겸은 잠시 생각을 정리하더니 씨익 웃었다.

"저번에 말씀드린 것처럼 가상공간 체험 이벤트를 하루 늘리는 건 어때요?"

"음… 지금 상황과 연결된 얘기인가요?"

"그렇죠."

"어떤 내용인지 들어볼 수 있을까요?"

"제가 DooD에 오기 전에도 영웅을 만나고 왔거든요."

한겸은 연성에 대한 얘기를 간단하게 해주었다. 처음에는 이런 얘기를 왜 하는지 모르겠다는 표정을 짓던 진혁도 얘기가 계속될수록 눈치를 챈 모양이었다.

"그런 사람들이 한두 명이 아니에요. 기사로만 봐도 많은데 실제로는 얼마나 많겠어요."

"실제 영웅들 말이죠."

"네."

"현실의 영웅들을 윈드에 초대하라는 말씀 같군요."

"네! 맞아요."

"저희 주관적으로 영웅인지 아닌지는 빠르게 판단할 수 있겠군요. 예를 들면 소방관도 영웅이 될 수 있으니까 소방서에 지원을 한다든지요."

"그렇죠. 지원하면서 윈드도 홍보를 해야 하니까 윈드 이용권 같은 걸 줘서 연결할 수도 있을 거예요. 최근 몇 년간 소비자들을 분석해 보면 사회적 선행을 하는 기업에 무척 관대하거든요. 그와 동시에 제대로 된 광고를 내보낸다면 광고도 효과를 볼 수 있을 거라고 생각되네요."

대화 내내 굳어 있던 진혁의 얼굴에서 미소가 피어올랐다. 한겸과 대화를 나눌수록 점점 재미가 더해졌다.

"현실의 영웅들이라… 정말 좋은 것 같습니다. 그런데 그렇게 되면 가상공간 체험 이벤트를 하루 늘릴 필요가 없을 것 같은데요. 지금 말씀하신 내용만 해도 비용이 만만치 않을 것 같군요."

"당연히 해야죠. 영웅들을 한자리에 모으는 걸 보여줄 수 있는 기회잖아요. 마치 윈드 속에 영웅들이 모이는 것처럼요. 그리고 해외에도 진출을 할 예정이니까 해외 유저들도 초청하는 것이 좋다고 생각합니다."

"음… 영웅들에게 지원을 하고, 그것을 또 홍보하려면 홍보비도 나갈 테고. 예산을 어떻게 잡아야 할지."

진혁의 말이 끝나기도 전에 한겸은 씨익 웃으며 말을 이었다.

"그 비슷한 거 할 회사가 있거든요. 아직 얘기가 된 건 아닌데 같이하면 좋을 거 같은데요?"

"거기가 어디인가요?"

"아직 얘기를 안 해서요. 가서 만나봐야 돼요."

"네?"

"일단은 광고부터 먼저 수정하면서 얘기해 보죠. 내일 와서 수정하는 거 봐드릴게요."

진혁은 제대로 알아들을 수 없었지만, 한겸의 표정만 보면 어딘가와 얘기가 오가고 있는 모양인 것 같았다.

＊　　　　＊　　　　＊

다음 날. 진혁은 회의용 테이블에 자리하고 있는 한겸을 쳐다봤다. 마치 DooD의 홍보 팀인 양 C AD가 아닌 DooD로 출근한 상태였다. 홍보 팀원들이 다들 힐끔거리고 있었지만 한겸은 전혀 아랑곳하지 않는 모습이었다. 게다가 C AD의 직원이라는 사람들까지 대동한 채였다. 이렇게까지 도와줄 거라고 생각하지 못한 진혁은 한겸에게 다가갔다.

"김 프로님, 광고 수정은 회의에서 통과됐습니다."

"잘됐네요."

"그 히어로를 지원하는 방안은 조금 더 세부적으로 조사를 한 뒤 결정이 될 것 같습니다. 그래도 임원들의 반응은 매우 좋았습니다."

"네, 그럴 거 같았어요. 그런데 광고 수정은 언제 해요?"

"지금 영상 제작 팀에서도 기획을 하고 있어서요. 그거 끝나면 연락을 드리려고 했는데……."

"괜찮아요. 오래 걸리진 않을 거 같은데 여기서 기다릴게요."

"제가 따로 연락을 드리는 게 낫지 않을까요?"

"왔다 갔다 하면 시간만 낭비될 거 같아요."

그때, 한겸의 휴대폰이 울렸다. 한겸은 양해를 구하고 통화 버튼을 눌렀고, 그 모습을 본 진혁은 당황스러웠다. 지금 상황이 무척 애매했다. C AD에 의뢰한 것이 되어버렸기에 어떤 식으로 계약을 해야 하는지 논의가 오가는 중이었다. 대부분 광고에 관한 컨설팅을 받는 것으로 진행하자는 의견이 많았는데, 한겸을 보면 적극적으로 참여하려는 것 같았다. 그때, 통화를 하던 내내 대답만 하던 한겸이 통화를 마치고 진혁을 봤다.

"죄송해요. 조사할 자료가 많아서요."
"아닙니다."
"그리고 저희 회사에서 팩스가 도착할 거예요."
"팩스요?"
"네, 이번 일에 대한 계약서예요."

진혁은 난감한 표정을 지었다. 한겸에게 들었던 기획이 너무 좋았던 탓에 안 할 수도 없었다. 한편으로는 DooD와 자신을 어떻게 봤길래 계약에 대한 언급도 없이 계약서를 보냈다는 건지 약간 자존심이 상했다. 게다가 서류를 들고 온 것도 아니고 달랑 팩스로 보냈다는 말에 기분마저 상했다. 고마운 건 고마운 것이지만 이건 DooD를 너무 무시하는 태도였다. 때마침 C AD에서 보낸 팩스가 도착했고, 진혁은 서둘러 서류를 살폈다. 서류를 보던 진혁은 자신이 본 것이 맞는지 재차 확인했다.

*   *   *

진혁은 서류를 재차 확인하더니 이내 한겸에게 다가가 서류를 내밀었다.

"이게 C AD에서 보낸 계약서입니까?"

"볼게요. 여기 하트 마크 우리 C AD 맞네요. 저도 회사에 보고하니까 이런 일은 계약서가 오가야지 뒷말이 안 나온다고 그러더라고요. 그런데 뭐가 이상한가요?"

"금액 부분이 이게 맞는 건가요?"

"아, 금액이요. C AD 컨설팅 성공률이 올라서 가격이 조금 올랐어요. 그래도 저한테 계속 컨설팅을 받는 건 아니라서 하루치로 계산된 거예요."

"그래서 이백만 원이 다라는 말씀이십니까?"

"건당이 아니라 하루에 이백만 원이고요. 한마디로 일당이에요. 제가 찾아왔던 건 빼고 계약서 작성하면 그때부터 시작될 거예요. 그래서 제가 아침부터 온 거고요."

"이게 다라고요?"

"제가 광고에 참여한 것도 아닌데 뭐 다른 걸 계약할 순 없잖아요. 그리고 제가 먼저 찾아온 거고요."

진혁은 전혀 예상치 못한 내용에 눈만 깜빡였다. 이 정도면 예산에 전혀 문제가 되지 않는 수준이긴 했다. 이 정도면 며칠을 데리고 있어도 괜찮을 것 같았다.

"그럼 여기에 계신 게 컨설팅 때문이라고요?"

"그럼요. 제가 수정하는 걸 직접 보고 어떤 방향으로 나가는 게 좋을지 말해 드리려고요."

"그럼 이분들은……?"

"광고 어떻게 바꿀지 구도 잡는 거 도와주시려고 함께 오셨어요. 그리고 이분은 음악을 바꿔야 할지 말아야 할지 정하러 오셨고요."

진혁은 어이가 없다는 듯 웃었다.

"C AD는 컨설팅을 맡으면… 이런 것도 하십니까?"

"그렇진 않은데 저희도 이번 일이 중요하거든요. 저번에 말씀 드렸듯이 윈드의 가상공간 배경이 저희가 제작한 광고에 들어갈 수도 있는데, 윈드의 평판이 나쁘면 안 되잖아요. 그래서 그렇죠."

자신들이 진행하는 일을 밀고 나가기 위해 다른 회사의 일까지 도와주려는 모습에 진혁은 적응이 되지 않았다.

"정해진 것이 없다고 그러지 않았습니까? 저희 윈드 배경도 확실하진 않으시다고……."

"그러니까 가능성이 있는 걸 찾으려는 거예요. 그리고 정해진 것이 없으니까 더 완벽하게 준비를 해둬야 우리 광고를 쓸 확률이 올라가잖아요."

"…그렇군요… 혹시 다른 회사들 광고를 맡을 때도 이렇게 일을 진행하십니까?"

"이번처럼 막연하진 않지만 그래도 비슷하죠."

진혁은 대단하다는 표정으로 한겸을 봤다. 광고업계에서 괜히 C AD라는 이름이 들리는 것이 아니었다.

$$* \qquad * \qquad *$$

오후까지 영상 제작 팀에 자리한 한겸은 구석에서 통화를 하던 중이었다.

"그렇게 없어?"

―없다니까! 누구 돕다가 다친 사람이 많은 게 아니라니까.

"소방관들이나 경찰관들도 찾아봐."

―그 사람들도?

"한두 명만 해서는 빛을 보기 힘들다고 했잖아. 연성 씨 같은 사람을 앞에 내세우고 뒤를 이을 사람들도 필요해."

―와, 자기 하고 싶은 거 하려고 남들 이용하는 거 봐.

"상부상조인데 괜찮잖아."

―이걸 좋은 놈이라고 해야 돼, 이기적인 놈이라고 해야 돼. 아무튼 찾은 다음에 네가 쓴 기획안에 넣어서 JD 손해보험에 보내면 되는 거지?

"그 전에 나한테 보내줘."

한겸은 C AD에 남아 JD 손해보험에 보낼 자료를 준비하는 팀원들에게 수시로 연락 중이었다. DooD의 영상 제작 팀에 있지만 당장은 할 것이 없었던 탓이었다. 영상 제작 팀의 작업 환경은 생각했던 것과 달랐다. 대형 게임 회사인 데다가 영상 제작 팀이라는 부서까지 따로 존재하니 전부 이곳에서 제작이 되는 줄 알았다.

그런데 실상은 여러 제작 스튜디오에서 작업한 자료를 짜깁기하는 형태였다. 그러다 보니 외부 스튜디오에서 작업물을 보내기 전까지는 손을 놓고 있어야 했다.

또, 외부 스튜디오에서 작업물을 보내면 확인한 뒤 잘못된 부분은 다시 회신해 줘야 했다. 한겸과 너무 맞지 않는 작업 환경이었다. 마음 같아서는 외부 스튜디오 업체들 전부 부르고 싶었지만, 지금은 외부인이다 보니 그럴 수 없었다. 마침 한겸이 지적한 부분을 수정한 파일이 도착했다.

"김 프로님, 이거 맞는지 한번 봐주시겠어요?"

처음에는 광고를 수정하기 위해 외부에서 온 사람이라는 말에 제작 팀 내에서 약간의 반발도 있었지만, 저녁이 되어가는 지금은 아니었다. 한겸이 말하는 대로 바꿔갈수록 자신들이 보기에도 전보다 훨씬 나았다.

게다가 광고로 인해 문제가 생겼다 보니, 한겸의 의견을 적극 수렴하고 있었다. 환경은 마음에 들지 않지만 의견을 받아주는 사람들이 있으니 그나마 어느 정도 진행되고 있었다. 파일을 보던 한겸은 턱에 손을 올렸다.

"이것도 아닌가요?"

"앞에까지는 괜찮아요. 딱 포스터까지만요. 포스터에서 캐릭터가 손을 벌려서 바람을 잡으려고 하는 부분까지는 괜찮네요. 안내 문구도 광고의 일부분인 것처럼 보여서 괜찮아 보여요."

"그렇죠? 진짜 바람에 부는 흙이 모여서 안내 문구 만드는 건 진짜 좋은 거 같습니다."

"그런데 다음이 좀… 음."

어떻게 해야 색이 보이는지 한겸도 알 순 없었다. C AD에서 맡았다면 수십 번이고 고치거나, 그것도 아니면 스토리 자체를 아예 새로 짰을 것이다. 그런데 지금은 그렇지 못했다. 최대한 신중하고 가장 잘 어울릴 것 같은 스토리와 화면 구성을 찾아야 했다. 그렇기에 윤선진까지 함께 있는 상태였다.

"제가 보기에 여기는 좀 아닌 거 같은데 윤 프로님은 어떻게 보세요? 특히 바람을 잡은 다음에 손을 펴는 부분이 좀 어색하지 않아요?"

"그런 거 같기도 해요. 조금 더 손에 집중을 하는 게 좋을 거 같아 보이네요."

"손에 집중을 한다라."

한겸을 손을 쥐었다 폈다를 반복했다. 그 모습을 본 선진이 웃으며 말을 이었다.

"바람이란 게 세월처럼 잡을 순 없는 건데 그걸 잡으려는 거 잖아요. 그런데 게임 특성상 바람이 꼭 보여야 하고요. 그러니까 주먹 사이로 바람이 빠져나가려는 것처럼 보이는 게 어떨까요? 김 프로님도 그다음은 만족하셨으니까 연결이 될 거 같아요."

"아, 그럼 손이 펴지는 동시에 바람이 휘몰아치면서 손에서 벗어나려고 하는 게 괜찮겠네요."

"저도 같은 생각이에요."

한겸과 윤선진의 대화를 듣고 있던 제작 팀장은 재미있다는 표정을 지었다. 그렇게 하면 확실히 게임에서 강조하는 바람을 더 부각시킬 수 있을 것 같았다.

외부 스튜디오에서 계속된 수정에 이게 뭔 짓이냐는 항의 전화가 빗발쳤지만, 바뀔수록 점점 더 나아지는 모습을 자신의 눈으로 보니 안 할 수가 없었다. 그러다 보니 어느덧 자신도 모르게 의견을 내놓고 있었다.

"그럼 그다음 동시에 바람이 온 세상에 불면서 영웅들을 감싸는 걸 보여주면 어떨까요."

"그럼 다음 내용하고 연결이 안 되는데요."

"아!"

"제작비만 괜찮으시다면 그것도 괜찮을 거 같긴 해요."

"아… 아닙니다. 그냥 김 프로님이 괜찮다고 하신 부분을 쓰는 게 좋겠네요. 그럼 전체적으로 이렇게 되는 거네요. 손에서 바람이 벗어나면서 동시에 시점을 바람으로 변경하고, 그다음 바람이 이동하는 곳이 원래 광고의 배경. 맞죠?"

"바람이 이동하는 장면은 괜찮았어요. 속도감도 있어 보이고 자유로운 느낌도 들고요."

사실 뒤쪽도 하루 종일 바꾸고 나서야 색이 보이는 장면이 나온 것이었다. 하지만 또 앞부분이 연결된 다음 어떻게 변할지 몰랐기에 한겸은 계속해서 여러 가지 스토리를 구상했다.

*   *   *

이틀 만에 완성된 광고를 본 진혁은 C AD를 인정할 수밖에 없었다. 제작 팀은 물론이고 외부 제작 스튜디오까지 완성된 광고를 보고 모두 한겸과 선진을 인정했다고 했다. 처음부터 C AD에서 광고 스토리를 기획했다면 어땠을까 하는 얘기까지 나왔다.

그리고 지금, 수정된 광고를 보는 임원들도 별반 다르지 않았다. 불과 4, 5초 정도만 바뀌었을 뿐인데 윈드라는 이름이 훨씬 부각되었다. 광고를 본 부사장은 마음에 들었는지 박수까지 보냈다.

"확실히 좋아요. 안내 문구도 눈에 잘 띄고요. 그럼 이 광고는 언제부터 내보내는 겁니까."

"C AD에서 조금만 기다려 달라고 했습니다."

"왜죠?"

"저번 회의에서 말씀드린 히어로 건과 동시에 내보내는 게 효과적이라고 했습니다. 저희도 그렇게 판단을 했고요."

"같이 진행할 수도 있는 곳이 JD 손해보험이라고 했죠? 보험 회사와 게임 회사의 협업이라……."

함께하게 될 곳이 어떤 곳인지 한겸에게 캐물어 알게 되었고, 그 내용을 보고한 상태였다. 하지만 아직 정해진 것은 아니었기에 먼저 윈드 자체에 중점을 두고 설명을 이어나갔다.

"네, 맞습니다. 빅데이터를 기반으로 소위 착한기업이라는 회사들이나 매장의 수익이 늘었다는 것을 알 수 있습니다. 저희는 그것을 이용해 현실의 영웅을 윈드로 초대한다는 마케팅으로 홍보를 하는 겁니다."

"그럼 해외에서 초대하자는 것도 진행해야 된다고 봅니까?"

"C AD에서 자신 있게 제안한 이상 그냥 넘겨서는 안 된다고 생각됩니다. 하지만 아직 여유가 있으니 일단 결과를 지켜보는 편이 나을 거라고 판단합니다."

부사장은 진혁을 보며 기분 좋은 미소를 지었다. 얼마 전까지만 하더라도 죄책감이 가득한 얼굴이었는데 다시 예전과 같은 자신감이 가득 찬 표정으로 돌아왔다. 아마 C AD라는 곳 덕분일 것이었다. 그때, 진혁의 말이 이어졌다.

"윈드의 성공을 위해서는 저희 측에서 C AD를 돕는 게 어떨까 합니다. JD 손해보험과 손을 잡고 히어로를 홍보한다면 그 효과가 배가 될 것입니다. 게다가 예산마저 줄일 수 있습니다. 그리고 가장 큰 이유는… C AD와 인연을 만들어놓는 것이 좋을 것 같습니다."

"음?"

"이제는 게임만 재미있다고 되는 시장이 아닙니다. 어떤 마케팅을 하느냐에 따라 성공할 수도 있고 실패할 수도 있습니다. 그중 C AD가 최고라고 생각합니다. 그러니 C AD와는 계속 이어나갈 수 있는 연을 만들어놓아야 한다고 생각합니다."

진혁은 손가락으로 벽에 붙은 포스터를 가리키더니 말을 이었다.

"광고계에 새바람이 부는 곳, 그곳에 C AD가 있습니다."

*　　　*　　　*

JD 손해보험의 홍보실장은 심각한 표정으로 모니터를 보고 있는 중이었다. 메일을 보낸 곳은 몇 주 전에 미팅을 했던 C AD였다. 그들은 미팅을 한 뒤로 아무런 연락이 없었다.

C AD라는 이름이 아쉽기는 했지만 JD 손해보험에서 의뢰를

한 것도 아니었고, 미팅 내용도 회사에 대해서 알아보는 정도였기에 그저 지나가는 일이라고 생각했다. 그런데 갑자기 메일이 도착한 것이었다.

메일로 보낸 자료에는 현재 소비자들이 보험회사들을 보는 시각 위주로 적혀 있었다. 홍보실장 역시 잘 알고 있는 내용들이었다. 사람들은 보험회사를 돈 넣으라고 할 때는 언제고 막상 일이 생기면 돈 주기 싫어서 온갖 방법을 다 쓰는 치졸한 곳이라고 인식하고 있었다.

그렇다고 아무런 보험이 없으면 찜찜하기도 하고, 사고 났을 때 어떡해야 하나 하는 걱정 때문에 가입하게 되는 곳이라는 인식이 강했다. 물론 보험금을 잘 챙기는 사람들도 있지만 아닌 사람이 훨씬 많았다.

그 때문에 모든 보험회사는 광고를 기획할 때, 가입자에게 큰일이 닥치는 모습을 보여주며 겁을 준 뒤 우리 회사는 당신들을 생각하고 있다는 점을 강조하는 식으로 진행했다. 지금까지는 그 광고들이 소비자에게 어필하고 있었다.

그런데 C AD에서 보낸 내용은 조금 달랐다. 걱정될 만한 상황으로 겁을 주는 것은 빼고, 그 대신 친근함과 믿음을 강조해야 한다고 했다. 친근함과 믿음이야 JD 손해보험에서도 항상 우선순위에 두는 것이기는 했다.

다만 보험회사라는 이름을 달고 소비자들에게 친근하게 다가가기는 어려웠다. 하지만 C AD의 자료에는 구체적으로 방법이 제시되어 있었다. 그리고 그 내용은 소비자에게 먹힐 것 같은 느낌이었다.

　　　　　*　　　　　*　　　　　*

　JD 손해보험의 홍보실장은 팀원들을 살폈다. 자신만 그렇게 느낀 것이 아니었다. 함께 자료를 보던 팀원도 놀랍다는 듯 입을 열었다.

　"실장님, 이거 기획안 그대로 보고 해도 될 거 같은데요?"
　"그렇지?"
　"좋은 일 하다가 사고를 당한 사람들 중 보험금이 제대로 지급됐는지 우리 JD에서 알아봐 주고 누락된 보험금은 받을 수 있도록 도와주기도 하고요. 보험금에 문제가 없다면 우리 JD가 치료비 명목으로 후원을 하고요."
　"괜찮아 보이지?"
　"그럼요. 누구 도와주다가 다친 사람이 수두룩하진 않잖아요. 그런 사람들은 대부분 기사화된 사람들이 많으니까 우리 JD도 자연스럽게 노출이 될 거고요. 음… 그런데 우리 JD가 문제가 되는 때도 있을 테니, 그럼 긁어 부스럼인데… 그리고 다른 회사랑 부딪힐 수 있다는 게 조금 걱정이죠?"
　"그 부분은 우리가 직접적으로 노출하지 않으면 돼. 우리가 문제 되는 건, 우리가 만드는데 안 내보내면 그만이지. 내가 걱정하는 건 그다음이야."
　"다음이요?"
　"다음 장 봐라."

다음 장을 보던 팀원은 어이가 없다는 표정으로 홍보실장을 봤다.

"미쳤네……."

"그런데 내용 읽어보면 또 맞는 말 같기도 해."

"여기 한상운 대표님이라고 적힌 게 우리 대표님 말하는 게 맞는 거예요?"

"맞아."

"그러니까 우리 대표님더러 Y튜브에 데뷔하라는 거예요?"

"보험에 관련된 내용을 다루는 크리에이터들이 많긴 하지. 그런데 보험회사 출신이거나 외부에서 판매 일을 하던 사람들이 대부분이잖아. 그런 사람들 사이에 갑자기 현직 JD 손해보험의 대표가 보험금 받는 법이나 보험에 대해서 알려줘 봐. 김 과장은 누구 거 볼래?"

"물론 현장 직원들이 보험에 대해서 더 잘 알겠지만 제가 본다면 음… 당연히 대표님이죠… 믿음이 안 갈 수가 없겠네요……."

"그렇지?"

"그런데 왜 하필 대표님이지. 너무 나간 거 아닌가요?"

"백 프랜차이즈, 거기를 예시로 적어놨잖아. 한 그룹의 수장이 대중들에게 친근하게 인식되면, 그 그룹도 자연스럽게 친근하게 느껴진다고 그러잖아. 그게 매출로 연결이 되고."

홍보실장은 자료를 넘기며 말을 이었다.

"대표님이 나와서 남 돕다가 다친 사람들 일 처리하는 거 보여주는 그림은 진짜 괜찮아 보이지?"

"그림이야 그렇죠. 홍보로써는 최고죠. 그런데 대표님이 하실까요? 실장님이 제안하셔야 할 텐데 하실 수 있겠어요?"

"그게 문제야. 대표님 평소 모습 보면 할 거 같은데 말을 못하겠다. 갑자기 '대표님! Y튜브 데뷔하시죠' 이러면 미친놈 같잖아? 만약에 실패하면 꼴이 우스워질 수도 있고."

"C AD 제안이라고 해야죠."

"이걸 뭐 어떻게 보고해야 되냐. 김 프로가 이따 연락하겠다고 했는데 다른 방법 있는지 물어봐야 되나?"

C AD에서 왜 이런 제안서를 보냈는지 이유를 생각하지 못할 정도로 마음에 드는 제안이었다.

자신이 보기에 C AD의 제안은 큰 성과는 아니더라도 JD 손해보험의 이미지를 높일 것으로 보였다. 다만 대표라는 자리가 한 그룹의 얼굴이나 다름없었기에, 실패했을 때 반드시 리스크가 돌아올 거라는 생각이 그를 머뭇거리게 만들었다.

*   *   *

한겸은 또다시 아산의 충무병원을 찾았다. 이번에는 연성의 병실이 아닌 홍보 팀이었다.

"C AD에서 제작하려는 광고가 한국에서 자랑할 만한 것을 홍보하는 동시에 사람들은 평등하다는 것을 알려주는 광고라는 거군요."

"그런 내용이기는 하지만 광고주가 확정된 것은 아니에요."

"겸손하시네요. 지금 홍보 팀들이 가장 우선순위로 보는 회사가 C AD인데요. 아무튼 그런 광고에 우리 병원의 선생님들을 소개하고 싶다는 거네요. 만약 광고가 나오면 우리 충무병원이 최고라는 걸 보여줄 수 있는 기회인데, 도리어 저희가 부탁을 드려야 하는 거 아닌지 모르겠습니다."

한겸의 예상대로 병원만큼은 쉽게 진행되고 있었다.

"그래서 의사분들 사진을 좀 찍어 가려고 해요."

"그러지 마시고 저희가 추천을 해드리는 건 어떨까요? 방송에 출연한 선생님도 계시고, 저희 충무병원 하면 흉부외과와 정형외과로 소문난 곳이기도 하니까요."

"제가 직접 찾아보고 싶어요."

가장 우선순위는 연성과 관련된 의사였다. 하지만 만약에라도 색이 보이지 않을 수 있었기에 병원의 모든 의사를 찍어 갈 생각이었다.

"그럼 그렇게 하시죠. 시간을 정해주시면 제가 선생님들께 공문을 돌려놓겠습니다."

"그냥 사진만 찍으면 되는데 오늘은 안 될까요?"

"아무래도 촬영을 한다고 알려 드려야 하니까 그건 좀 곤란할 거 같습니다."

"네, 그럼 전 빠르면 빠를수록 좋을 거 같아요."

"바로 연락드리죠."

돈 들이지 않고 홍보할 수 있어서인지 병원에서는 적극적으로 도움을 주었다. 다시 방문을 해야 한다는 번거로움은 있었지만 사진을 찍을 수 있었기에 큰 문제는 아니었다.

*　　　*　　　*

홍보 팀장과 인사를 나눈 한겸은 연성의 면회 시간이 아직 되지 않은 터라 잠시 로비에 자리했다. 곧 면회가 가능해지겠지만 잠깐의 시간에도 한겸은 일의 진행을 확인했다.

"안녕하세요. C AD 김한겸입니다."

─네, 보내신 자료는 잘 봤습니다.

"어떻게 보셨어요?"

─좋았습니다. 역시 C AD다운 기획이었습니다. 그런데… 걸리는 부분이 있더군요.

"어떤 부분을 말씀하시는 거예요?"

─저희 생각으로는 대표님보다는 JD 내의 보험 조사관과 영

업 사원으로 팀을 꾸리는 게 어떨까 합니다. 물론 대표님보다 영향력은 적겠지만, 저희가 지원을 한다면 괜찮을 것 같다는 의견이 있었습니다.

한겸이 예상하던 부분이었다. 하지만 이번 기획에서는 대표가 노출되는 것이 최선이었다. 그래야지 다음에 만들 광고에도 도움이 될 것이었고, 한상운 대표도 노출을 어렵게 생각하지 않을 터였다.

한상운 대표를 내세우기 위해 많은 생각을 해둔 상태였기에 한겸은 어렵지 않게 말을 꺼냈다.

"그 부분은 애매하다고 생각해요. 만약에 Y튜브 반응이 성공적이라고 생각해 보세요. 그래서 사람들이 알아보고 인기를 얻는다고 생각해 보세요."

─그럼 성공적이죠.

"그분들이 회사에 남아 있으면 성공적이겠죠."

─성공한다면 그만큼 대우를 받을 텐데 남아 있을 겁니다.

"회사 입장에서 대우를 한다고 하지만, 그분들의 기대에 못 미친다면요. 그럼 회사에서는 어쩔 수 없이 그분들의 요구를 받아들여야 할 수도 있고요. 만약에 요구가 과해 다른 사원으로 교체를 한다고 해도 문제가 생겨요. 기껏 쌓아놓은 인지도를 잃고 아예 처음부터 다시 쌓아야 하는 경우도 생길 수 있어요. 게다가 그들이 경쟁사로 가버린다면요? 그것도 아니면 JD를 나가서 직접 영업소를 차리거나 Y튜브만 전문적으로 한다면요."

─음…….

"그래서 가장 책임감이 있는 대표님이 어울린다고 생각해요."

─그래도 대표님은 좀 힘들 거 같습니다. 김 프로님이 말씀하셨듯이 저희 JD의 얼굴이나 다름없는데, 성공한다면야 좋긴 하겠지만 실패하면 그림이 이상해지지 않겠습니까?

한겸은 JD 입장도 충분히 이해가 되었다. JD 홍보실장의 말처럼 다른 직원들에게서도 색이 보일 수 있었다. 하지만 색이 보인다면, 기왕이면 효과가 클 것 같은 대표를 쓰고 싶었다. 한겸은 다시 설득하기 위해 목을 가다듬고 입을 열었다.

"실패할 거처럼 보이세요?"

─아! 그건 아닙니다. 분명히 좋은 기획입니다. 조금 조심하자는 거죠. 전쟁할 때도 장수는 지시를 내리고 병사들이 싸우는 게 전쟁 아닙니까.

"그건 군사죠. 병사들의 사기를 올리기 위해선 장수가 선봉에 설 필요도 있다고 생각합니다."

─그러다가 다치면… 휴.

"그래서 저희가 준비하고 있는 것이 있습니다. 혼자라면 몰라도 동맹군이 있다면 전쟁에서 승리할 확률이 올라가지 않을까요?"

─동맹군이요……?

사실 DooD에 관한 얘기는 직접 만나서 얘기를 하려 했다. DooD의 광고를 맡았다거나 기획에 대한 전권을 위임받았다면 자신 있게 제안을 했을 텐데, 아직 DooD에서조차 확답을 받지 못한 상태였기에 조심스러웠다. 하지만 시작도 하기 전에 막혀 버리는 것보다는 DooD에 대해 언질이라도 하는 편이 나을 것 같았다. 한겸이 말을 하려 할 때, JD의 홍보실장이 갑자기 양해 를 구했다.

─김 프로님, 잠시만요. 통화하고 있는데? 급해? 줘봐.

전화 너머로 대화를 들으니, 급한 무언가가 생긴 것 같았다. 그 일이 자신이 보낸 기획과 연관된 것인지 궁금해서 잘 들리지 도 않는 대화에 귀를 기울일 때, 한겸의 휴대폰에 메시지가 도착 했다.

[김 프로님의 기획을 세부적으로 다듬어 메일로 보냈습니다. 이렇게 진행을 하게 될 것 같습니다. 확인 부탁드립니다.]

DooD의 임진혁이었다. 아주 적절한 타이밍이었다. 이로써 JD 손 해보험에 제안할 한 가지 무기가 늘어났다. 한겸은 만족스러운 표 정으로 JD 홍보실장의 말이 들리길 기다렸다. 잠시 뒤 홍보실장의 목소리가 들렸다.

─여보세요……?

"네, 바쁘신가 보네요."

—그렇진 않은데요… 아까 말씀하신 동맹군이… 게임 회사 DooD입니까?

"어? 어떻게 아셨어요?"

—저희한테 제안서를 보내왔는데요……? 모르고 계셨을 리가 없는데…….

"네?"

—왜 이러세요. 여기 제안서에 C AD의 기획대로 숨어 있는 히어로에 관한 이벤트를 진행하자고 그러는데요. DooD면 저희도 환영입니다. 이런 거 있으시면 진즉에 말씀해 주시죠. 그럼 저희도 괜한 시간 낭비 안 하고 대표님한테 보여 드릴 수 있었을 거 같은데요.

한겸은 입 밖으로 나오려던 헛웃음을 삼켰다. 자신감 넘쳐 보이던 진혁이 순식간에 일을 진행해 버렸다. 그래도 DooD에서 직접 JD에 제안서를 보낸 덕분에 한겸이 해야 할 수고가 덜어진 건 사실이었다.

—그럼 다시 제안서 좀 살펴보고 연락드리겠습니다.

"네, 알겠습니다."

한겸도 진혁이 보낸 내용이 어떤 것인지 몰랐기에 서둘러 메일을 확인했다. 메일로 보낸 자료의 크기가 상당했다. 직접 조사를 했는지, 영웅이라고 분류한 대상자들이 보였다. 아직 어떻게 지원을 하겠다는 사항은 나와 있지 않았지만, 그래도 크게 나눈 항목으로 보면 치료비 지원도 있었고 인테리어 보수처럼 거주 공간을 개선해 주는 내용도 있었다. 그리고 하나같이 공통적으로 들어가는 해당 사항도 있었다.

「월드 오브 윈드 ─ 평생 이용권(히어로 특전)」.

어떻게 해서든지 조금이라도 더 홍보를 하려는 모습에 한겸은 피식 웃어버렸다. 그것도 잠시, 가장 맨 뒤에 있는 서류를 본 한겸은 그만 헛웃음을 뱉어버렸다.

마지막 장은 제안서였다. DooD의 홍보 팀과 함께 어떤 식으로 후원을 하고, 또 후원한 것을 어떤 식으로 홍보할지 함께 일해보자는 내용이었다.

다른 때 같았으면 고민하지도 않았을 텐데, 지금 당장 해결해야 할 일이 많다 보니 고민되었다. 사무실에 남아 있는 세 사람만 하더라도 밥 먹을 틈도 없이 자료를 조사하고, 수집하고 있었다.

'같이 홍보하는 건 아무래도 거절을 하는 게 맞겠지?'

한겸이 생각을 정리할 때 방금 통화했던 JD 손해보험의 홍보 실장에게서 전화가 왔다.

―김 프로님! 이걸 말씀하시지 그러셨어요.

DooD에서 어떤 제안서를 보냈는지 확인이 안 된 상태였지만 아마도 비슷한 내용을 보냈으리라 예상되었다.

*　　　　*　　　　*

JD의 홍보실장은 DooD의 제안서가 마음에 들었는지 목소리마저 들뜬 것처럼 들렸다.

―유동적이기는 하지만 그대로 해도 괜찮아 보이더군요. 저희 쪽과 관련된 부분에서는 치료비나 보험료 부분을 DooD에서도 내준다면, 저희도 회사 눈치 안 봐도 될 거 같습니다. 해당 문제가 해결된 사람들은 우리 JD가 실생활에 도움이 될 만한 것으로 추가 후원하는 방법으로 가면 저희 부담이 확실히 적어집니다.

한겸에게 보낸 제안서에도 나와 있던 것이었다. 지원을 JD 손해보험과 DooD가 나눠, 서로의 부담을 줄이게 만들었다.

―DooD하고 조율을 해봐야겠지만 같이한다면 젊은 층을 공략하기 쉬워진다는 게 가장 좋네요. 그런데 정말 놀랐습니다. 제안서만 보더라도 저희가 요구하는 웬만한 것들은 받아들일 거 같은 내용인데, 김 프로님 의견이시죠? 김 프로님이 저희를 어떻

게 생각하셨는지 느껴집니다.

한겸이 제안한 것은 맞지만, 아직 세부적인 내용까지는 없었다. 한겸은 두 곳을 모은 뒤 협의를 통해 계획을 잡으려고 했었다. 아마 DooD에서 지금 닥친 일을 해결하겠다는 생각에 빠르게 진행한 것으로 보였다.

─일단 저희가 검토를 해보고 대표님께 보고드려 보겠습니다.

통화를 마친 한겸은 생각지 못한 일에 웃음을 뱉었다. DooD의 도움으로 일이 생각보다 쉽게 풀리고 있었다. 그러다 보니 마지막 장에서 본 DooD의 제안이 신경 쓰였다. 한겸은 제안서를 보며 어떤 식으로 홍보를 할지 생각해 봤다. 아이디어가 떠오르긴 했지만 지금 하려는 광고를 제작하면서 하기에는 시간상 무리가 있었다.

'음… 아무래도 대표님하고 얘기를 해봐야겠네.'

*   *   *

C AD의 기획 팀 신입들은 퇴근 시간임에도 퇴근할 생각이 없는지 1층 우노 커피숍에 내려와 있었다. 기상천외한 선물을 주는 HT의 홍보 영상까지 촬영을 마친 상태였기에 자축을 해도 모자

랄 판에 그들의 얼굴에는 걱정이 가득했다. 그중 C AD에서 가장 오래 근무했던 임 프로의 표정이 가장 심각했다.

"이제부터가 걱정이네요……."

"후… 이번에 우리끼리 해보니까 쉬운 일이 아니라는 걸 알겠더라고요."

"그렇죠. 그동안은 다른 프로님들이 주도해서 했으니까요."

"조금 더 같이하면서 배웠으면 좋겠는데 다들 바쁘시니까 힘들겠죠?"

"아무래도 그럴 겁니다."

"그럼 앞으로도 우리끼리 계속해야 되겠네요… 아직도 사무실에 의뢰랑 인바이트 많이 들어오죠?"

"그렇죠. 문제는 분마 기획자를 지정한다는 거죠. 우리가 C AD의 이름을 달고 할 수 있는 건, 지금은 입찰공고를 따오는 겁니다."

팀원들이 동시에 한숨을 뱉었다. 입찰공고를 따 오더라도 문제였다. 기업은 그동안 C AD의 광고를 기준으로 기대를 할 텐데, 그건 아직까지 자신들의 역량 밖이었다. 잘못하다가는 C AD의 이름에 먹칠을 할 수 있다는 생각에 걱정을 하고 있었다.

"입찰공고를 따 왔을 때 다른 프로님들이 조금 도와주신다는 말만 들어도 그나마 괜찮을 거 같은데, 도대체 뭘 하고 계시는지 다들 말 걸기도 힘들 정도로 바쁘시니까 그러기도 힘들고."

팀원들의 말처럼 한겸과 세 사람은 말 걸기도 어려울 정도로 바빴다. 한겸은 며칠째 얼굴을 보지도 못했고, 세 사람은 인터넷과 전화를 붙잡고 있는 상태였다. 임 프로는 씁쓸함에 입맛을 다셨다. 그동안 C AD에서 좋은 광고만 내놓았다 보니, 좋은 광고를 만들어야 한다는 압박감은 물론이고 그렇게 만들 수 없을 것 같다는 생각에 자존감이 떨어졌다.

게다가 사무실에서 어떤 광고를 따 와야 한다는 말이라도 한다면 그걸 목표로 잡기라도 했을 텐데, 자신들을 한겸이라고 생각하는지 여러 가지 제안서를 보여주며 마음에 드는 것을 고르라고 했다.

우범에게 처음 한겸의 상태를 말한 이는 자신이었지만 이렇게 되리라고는 예상하지 못했다. 같이 일을 진행할 거라고 생각했다. 그래도 처음엔 겁은 나도 한번 해보자는 다짐을 했었는데, 막상 해보니 생각이 바뀌었다. 너무 무거운 짐을 맡긴 우범에게 미안하기도 하면서 한편으로는 이런 일을 만든 스스로가 원망스러웠다.

아무리 생각해 봐도 지금은 자신들끼리 도전을 하는 것보다 한겸의 밑에서 조금 더 배워가야 할 단계라고 느껴졌다. 팀원들도 같은 생각이었는지 양 프로가 조심스럽게 의견을 내놓았다.

"프로님들이 하시는 일 저희가 도와서 빨리 마무리하는 게 낫지 않을까요?"

"사무실에서 듣기로는 지금 뭘 도울 수 있는 게 없는 것 같습니다."

"사무실 분위기는 어때요?"

"크게 달라진 건 없죠."

"지시라도 해주면 좋을 텐데 우리더러 뭘 어떻게 하라는 건지……."

신입 팀원들은 어떤 방향으로 가야 하는지 갈피조차 잡지를 못하고 있었다. 다른 세 사람은 그나마 C AD에 몸담고 있던 임 프로에게 기대고 있었기에, 어깨가 더욱 무겁게 느껴졌다. 그때, 회사 앞에 택시가 멈추더니 익숙한 얼굴이 나타났다.

"김 프로님이시네요. 이 시간에 또 일하러 오셨나 본데요."

임 프로는 회사로 들어가려던 한겸을 보고는 창을 두드렸다. 그러자 한겸이 임 프로를 보며 무척 반갑다는 표정을 지었다. 그러고는 곧바로 커피숍으로 들어왔다.

"다들 퇴근 안 하셨어요?"

"아직 일이 남아서……."

"어? 일이요? 조금 전에 사무실에 물어봤을 때 HT 광고 촬영도 잘 마무리했다고 들었는데, 무슨 일 맡으셨어요?"

팀원들은 멋쩍은 얼굴로 대답을 피했다. 그 모습을 본 한겸은 고개를 갸웃거리며 임 프로를 봤다.

"왜 그러세요? 무슨 문제 생겼어요?"
"그런 건 아닙니다……."
"그런데 왜 그러세요. 잘 놀고 오신 거 아니에요?"
"놀아보려고 했는데 노는 기분이 안 나더라고요."

한겸은 신입 팀원들을 천천히 살폈다. 자신들끼리 일을 진행하다 보니 쓸데없는 걱정이 생긴 것 같았다.

"그러면서 점차 익숙해질 거예요. 저희 파우스트 기획도 아시죠? 범찬이가 그린 걸로 광고했던 거. 그것도 완전 시뻘겠, 아니, 이상했었잖아요."
"그렇긴 하죠."
"그러니까 너무 부담감 느끼지 마세요."

쉽게 말하는 한겸의 말에 임 프로는 어색한 미소를 지었다. 그러고는 팀원들을 한번 쳐다보더니 총대를 짊어지겠다는 듯 입술을 꽉 깨문 뒤 입을 열었다.

"김 프로님은 처음부터 잘 만들었잖아요. 그러니까 C AD가 이렇게 빨리 자리 잡을 수 있었던 거고요. 징징대는 것처럼 들리실 수 있는데… 저희가 김 프로님에 못 미치는 걸 아니까 회사에 폐를 끼칠까 봐 걱정하는 겁니다."

임 프로는 팀원들과 나눴던 대화를 한겸에게 꺼내놓았다. 한 참이나 듣던 한겸은 미안해하는 표정을 지었다. 자신이야 색이 보이니 확신을 가지고 일을 진행했지만, 다른 사람들은 그렇지 않았다. 만약 자신도 색이 보이지 않았다면, 광고를 완성하더라 도 잘 만든 광고인지 의심하고 고민했을 것이다. 게다가 직접 주 도해서 광고를 제작해야 하니 부담감이 더욱 심했을 것이다. 남 들의 입장에서 생각하지 않은 결정이었다.

"그래서 따로 진행을 하기보다는 저희하고 같이하면서 배우고 싶다는 말씀이시네요."

신입 팀원들은 모두가 고개를 끄덕거렸다.

"음······."

아마 우범에게도 말하지 못하고 고민을 하고 있었던 것 같았 다. 한겸은 어떤 방법으로 가르쳐야 할지 생각했다. 그런데 생각 해 보면 딱히 가르칠 것이 없었다. 제작 진행 과정은 틀이 잡혀 있었기에 그대로 움직이면 되었다.

기획은 자료를 조사하고 머리를 맞대어 아이디어를 뽑아내는 일이었다. 직접 해봐야 알지, 말로 한다고 느낄 수 있는 게 아 니었다. 게다가 기획 팀 전체가 아직 정확히 확정 나지도 않은 일을 하는 건 문제였다. 회사 입장에서도 어느 정도 다른 일을 해야 했다. 자신도 고민이 되는데 신입 팀원들은 더했을 터였다. 어떤 방법이 있을지 생각하던 한겸이 갑자기 손가락을 튕겼다.

한겸은 가방에서 서류를 꺼내더니 뒤적거리기 시작했다. 그러고는 신입 팀원들을 보며 입을 열었다.

"기획을 할 때 가장 중요한 게 뭔지 아세요? 아! HT 광고 제작할 때 뭘 가장 염두에 두고 제작하셨어요?"

팀원들은 서로를 쳐다보더니 자신들이 생각하던 것들을 말하기 시작했다. 대부분 비슷한 내용이었다.

"임 프로님도 같은 생각이세요?"

"C AD 광고들이 대부분 신선했으니까 신선함이나 새로움이 가장 중요하다고 생각합니다."

맞는 말이기는 했지만 한겸이 원하는 대답이 아니었다.

"저희가 광고 기획할 때 가장 먼저 하는 게 뭐죠?"

"자료 수집이죠."

"맞아요. 신선함도 중요한데 그보다 더 중요한 건 공감이라고 생각해요. 더 자세히 말하자면 소비자의 욕구를 충족시킬 수 있느냐가 가장 중요한 거 같아요. 그래서 자료도 수집하고 발품도 팔고 그러는 거예요. 물론 저도 아직까지 완벽하진 못해요. 그래서 대만 분트 광고만 보더라도, 아시죠? 이거는 많이 듣고 조사하고, 그러는 수밖에 없어요. 그걸 바탕으로 해서 자신의 아이디어를 더하는 거죠."

한겸은 서류를 펼치고는 말을 이었다.

"DooD에서 저희한테 보낸 제안서예요."
"DooD의 기획이요?"
"네, 사실 그거 때문에 지금 회사 온 거예요. 제가 요즘 DooD에 계속 다닌 건 아시죠?"
"사무실에서 들었습니다."
"DooD에서 이번에 새로운 이벤트를 진행할 거예요. 사실 어떻게 할까 고민했는데 생각해 보니까 이게 프로님들한테 도움이 될 거 같아요."

임 프로와 팀원들은 머리를 맞대고 서류를 읽어갔다. 잠시 뒤 임 프로는 당황해하는 표정으로 서류를 손가락으로 짚었다.

"그래서 DooD 걸 저희더러 맡으라는 건 아니시죠……?"
"거기 나와 있잖아요. 기획은 이미 짠 상태고요. DooD에서 저희한테 맡긴 거는 어떤 사람에게 어떤 후원을 하는 게 좋을지, 그리고 그 내용을 어떻게 홍보할지, 그걸 해달라는 거예요. 이걸 하려면 상대방이 뭐가 필요한지부터 조사를 해야겠죠?"

비록 대상이 연성 한 명이긴 해도, 그 사람에게 필요한 것을 알아차리다 보면 공부가 될 것 같았다. 그리고 그것을 바탕으로 홍보하는 방법까지 연결할 수 있었다. 게다가 의뢰이다 보니 회사에도 도움이 될 것이었다.

"이거 하면서 막히면 김 프로님께 물어봐도 되나요?"

"그럼요. 음, 예를 들자면 첫 번째 후원 대상자가 병원에 입원해 있는, 다리가 불편한 환자예요. 나이는 27살이고 친구들이 많고 밝은 성격에 게임을 좋아해요. 전 이 사람에게 선물을 준다면 게이밍 노트북을 줄 거예요."

"게이밍 노트북이요?"

"윈드를 할 수 있게 해주는 거죠. 병원 생활이 답답한데 친구들도 많고 밝은 성격이면 얼마나 답답하겠어요. 그걸 게임으로 풀게 해주면서 동시에 DooD 홍보까지 할 수 있죠. 그리고 홍보는 기사 위주로 내보낼 거 같아요."

"어떤 내용으로요……?"

"그건 직접 생각해 보세요. 힌트를 드리면, 지금 DooD에 닥친 문제를 이용하는 게 좋을 거 같아요."

"지금 문제라……."

한겸의 생각을 읽고 싶었는지 팀원들이 고민하는 모습을 보였다. 그 모습만 봐도 불안해하던 신입 팀원들에게 이 일이 도움이 될 것 같았다.

"제 생각으로는 이걸 하시는 게 프로님들한테 도움이 될 거 같네요. 어떻게, 해보실래요?"

신입 팀원들은 서로를 쳐다보더니 이내 고개를 끄덕거렸다.

"그럼 대표님한테 DooD 홍보하겠다고 지금 바로 말할게요."

*   *   *

다음 날. JD 손해보험의 홍보실장 감우석은 대표실에 자리했다. 그동안 보고는 많이 해봤지만 시키지도 않은 일을 들고 찾은 적은 처음이었다. 그것도 단둘이 있게 되자 다른 임직원들과 함께하는 회의 때보다 훨씬 긴장한 채였다. 대표의 표정에서 무슨 변화라도 보이면 거기에 맞게 대응할 텐데, 평소와 같은 표정이었다. 우석이 보고를 마치자 말 대신 대표의 한숨 소리가 들렸다.

"음."
"꼭 하겠다는 건 아니고, 이런 마케팅도 괜찮을 것 같아서 보고드린 겁니다."
"C AD라고요? 저번에 우리 JD에 방문했던 사람들이죠?"
"네, 전에 보고서 올렸었습니다."
"다 좋은데 걱정되는 부분이 있네요."

우석도 예상하고 있었다. 한 기업의 대표라는 사회적 위치에 있는 사람이 Y튜브에 자신을 드러내기는 힘들 것이었다. 한겸이 끝까지 대표가 적임자라고 했지만 아마도 힘들 것 같았다. 그래도 기획이 마음에 들었기에 우석은 조심스럽게 입을 열었다.

"그럼 적당한 사람으로 대체하면 어떨까요?"

"아까 내가 해야지 가장 효율적이라면서요. 우리 JD에 도움이 된다는데 방송이야 하면 되죠."

"네?"

우석이 가장 걱정하던 부분을 대표는 아무렇지 않게 넘겼다. 그것 말고는 문제 될 것이 없어 보였는데 어떤 부분이 문제인지 궁금했다.

"대본 같은 건 실장님이 준비하실 건데 전 카메라에 대고 말하면 되는 거 아닙니까?"

"아! 맞습니다. 저희 홍보실이 준비해야죠. 그럼 혹시 다른 보험회사들이 문제 삼을 수도 있는 게 걱정되십니까?"

"담합하는 것도 아니고 경쟁 관계인데 그런 걸 걱정할 필요는 없죠. 오히려 타 회사들의 잘못 책정된 보험을 우리가 지적해서 우리 고객을 늘릴 수 있는 기회 같기도 하고요."

"그럼… 혹시 비슷한 사고를 겪었던 사람들이 저희한테 요구할 수도 있어서인가요?"

"그건 여기에 나와 있는 걸로 아는데요. 특수한 명목으로 후원을 진행하는 기획이라고. 우리가 잘하는 게 약관 명시인데 이것도 확실히 해두고 진행하면 문제가 없겠죠."

대표는 연신 보고서를 살피며 말을 이었다.

"다만 이사회가 문제죠. 예산이 한두 푼이 아닐 거 같은데, 그럼 이사회에 보고를 해야 됩니다. 제가 의장이라면 바로 통과를 시키겠지만 이사회는 아닐 겁니다. 예산을 쏟아부은 만큼 성과를 보여야 하는데, 지금 기획은 길게 봐야 할 기획이란 말입니다. 물론 시작부터 성과를 보이면 좋겠지만 이런 후원으로는 그게 어렵다는 게 문제죠. 그렇죠?"

"네……."

"DooD와 같이하니까 의견을 조율해야 하니 시간이 필요할 텐데. 매일 한 명씩 후원을 해줄 수도 없겠고요."

"그렇죠."

"그렇다고 안 하자니 아쉽고요. 실장님 의견은 어떠십니까?"

그 부분에 대해서는 한겸이 언급한 적이 없었고, 자신도 좋은 기획으로만 생각해 시야가 좁아져 고려하지 않았던 부분이었다. 당연히 준비가 안 된 상태이니 마땅한 대답이 떠오르지 않았다. 대답을 궁리하던 중 순간 한겸이라면 어떤 방안을 갖고 있지 않을까 하는 생각이 들었다.

"대표님, 사실 이 기획은 C AD에서 보낸 기획을 그대로 올린 겁니다."

"제 말을 오해하셨군요. 실장님을 탓하려고 의견을 물은 게
아닙니다. 제가 보기에도 좋은 기획 같습니다. 그래서 방법이 있
는지 물어본 겁니다. 이런 기획이라면 언제든지 의견을 나누고
싶습니다."

잘못을 말하려는 게 아니라는 듯 대표가 웃으며 말했고, 우석
도 멋쩍은 미소를 지으며 말을 이었다.

"그런 뜻으로 말을 한 게 아니라… 기획을 전부 계획한 만큼
C AD의 의견을 들어보면 어떨까 합니다."

"오, 그렇군요."

"그럼 약속을 잡아도 될까요?"

"서로 번거롭게 그럴 필요 있나요? 의견을 묻는 건데 통화로
하죠."

"그럼 제가 통화를 하고 다시 보고드리겠습니다."

"저도 궁금한데 같이 들어보죠."

우석은 난감해하는 표정을 짓는 것도 잠시, 한겸이 이상한 말
은 하지 않을 거라고 생각하며 한겸에게 전화를 걸었다.

"안녕하세요. 김 프로님, 뭐 좀 여쭤보려고 합니다. 지금 대표
님도 같이 자리하고 계십니다."

혹시 몰라 대표가 함께 있다는 말부터 꺼내놓은 뒤 스피커폰으로 바꿔 테이블에 내려놓았다. 그와 동시에 한 대표가 먼저 입을 열었다.

"JD 대표이사를 맡고 있는 한상운이라고 합니다."
—네! 안녕하세요.
"C AD에서 보낸 기획안은 잘 봤습니다. 훌륭하더군요."

한 대표는 인사부터 나눈 뒤 용건을 꺼내놓았다. 한 대표는 한겸이 어떤 대답을 내놓을지 기다렸다. 그때 한겸이 자신 있는 목소리로 말했다.

—제가 직접 뵙고 말씀드려도 될까요?
"네?"
—대표님 스케줄만 괜찮으시면 지금 가겠습니다. 1시간이면 도착할 거 같습니다.

자신감 있는 목소리로 직접 와서 말을 하겠다고 그러니, 어떤 말을 하려는지 궁금했다. 한 대표는 시간을 확인한 뒤 말했다.

"그럼 기다리겠습니다."
—바로 출발할게요.

통화를 마친 한 대표가 우석을 보며 어깨를 으쓱거렸다.

"행동력이 대단한 사람이군요. 그런데 이런 사람을 어떻게 알게 된 겁니까?"

"저도 저번에 보고드렸을 때 처음 봤습니다."

"음? 그 뒤로 한 번도 본 적도 없고요?"

"네. 그때 인터뷰만 따 가더니 갑자기 연락을 해왔습니다."

한 대표는 의아한 표정으로 우석을 봤다.

"실장님이 먼저 의뢰를 한 것이 아닙니까?"

"아닙니다. 그러려면 보고부터 해야 하는 일인걸요."

"그렇죠. 그런데 왜 우리한테 이런 제안을 한 거죠?"

"그야……."

대답을 하려던 우석은 순간 멍했다. 제안서에 혼이 팔린 나머지 왜 이런 제안서를 보내왔는지 생각해 보지도 않았다. 의뢰한 것도 아닌데 이렇게 자세한 제안서를 작성한 것이 이상했다. 물론 기획이 통과된다면 C AD에 홍보를 맡기게 될 테니 그쪽으로서도 얻는 게 있을 것이다. 하지만 확정이 된 것도 아닌 일에 이렇게 정성을 들이는 것은 이해하기가 어려웠다.

*　　　　*　　　　*

서둘러 JD 손해보험에 도착한 한겸은 메고 온 가방을 두드리고는 걸음을 옮겼다.

'얼굴 한번 보기 힘드네.'

한 대표의 얼굴을 볼 수 있는 기회를 놓칠 수 없었다. 그래서 종훈에게 운전을 해달라고 부탁해서 도착한 상태였다.

"한겸아, 그 한상운 대표 말이야. 정말 사진 찍을 거야?"

"그래야죠. 지금까지 일한 게 얼굴 보고 섭외하려고 한 건데요."

"그렇긴 한데, 대뜸 이렇게 카메라까지 들고 와서 사진 찍자고 하면 이상하게 느낄 수 있을 거 같은데."

"다 말하고 찍을 거예요. 일단은 궁금해하는 것부터 해결해 주고요."

한겸은 가방을 다시 두드리고는 로비 직원에게 미팅에 대해 알렸다. 이미 말을 해뒀는지 곧바로 안내를 받아 대표실에 도착했다.

"반갑습니다. 한상운입니다."

"안녕하세요. C AD AE 김한겸입니다."

우석과 종훈도 인사를 나누고는 자리에 앉았다. 예전 인터뷰 때 한 대표에 관한 얘기를 우석에게 들은 대로, 가까이서 본 그의 첫인상은 굉장히 부드러웠다. 사고 났을 때 모습을 봐서 그렇게 느껴지는 것은 아니었다. 살짝 짓고 있는 미소가 굉장히 자연스러워 사람을 편안하게 만드는 느낌이었다. 한겸이 한 대표를 살필 때, 그가 먼저 일에 대해 질문을 했다.

"먼저 궁금한 내용이 있습니다."
"네, 말씀하세요."
"우리 JD에 이런 기획안을 보낸 이유를 들어보고 싶군요."
"아! 그건 천천히 말씀드릴게요. 그 전에 그 기획안에 대해서 말씀드리는 게 좋을 거 같아요."

한겸은 하고 싶은 말을 꾹 참았다. 먼저 JD에 도움이 될 만한 기획부터 설명한 뒤 말을 꺼내는 게 순서라고 생각했다. 홍보실에 보낸 기획이야 자신이 짠 것이었기에 누구보다 잘 알고 있었다. 그리고 나서 용건을 꺼내야 성공 확률이 올라가리라 판단했다. 한겸은 JD 손해보험을 조사하며 배운 지식을 바탕으로 조심스럽게 입을 열었다.

"이사회가 문제라는 건 이사회의 힘이 큰가 보네요. 보험회사는 대표이사와 이사장이 같은 경우가 많던데 JD는 아닌가 보군요."
"그게 법에 위반되는 일인데 굳이 제가 맡을 필요가 없죠."

한겸은 지킬 건 지키는 한 대표의 대답이 무척 마음에 들었다. 조금 더 자세히 알아봐야겠지만 모델이 되더라도 문제가 될 만한 일을 일으킬 것 같진 않았다. DIO80 광고 제작 당시 키오로 인해 두립이 데이는 모습을 본 경험이 한겸을 신중하게 만들었다.

"그런데 어떻게 보면, 성과만 나온다면 이사회도 인정하고 더 지원을 해줄 수도 있는 거 아닐까요?"

"벌인 일은 많은데 그만한 효과를 보지 못한 상태입니다. 사실 효과를 보려면 파격적인 것들을 보여줘야 합니다."

"대표님이 하신 건강검진 비용 일부 지급하는 그런 방안 말씀이세요?"

"그것도 사실 파격적이지는 않죠. 그런데 보험이라는 부분이 크게 변하면 가입자들에게 혼란을 줄 수 있습니다. 다른 보험회사들의 약관만 봐도 대부분 비슷하죠. 그래서 이사회에서도 새로운 변화를 싫어합니다. 그저 하던 대로 현상 유지를 원하죠."

"이런 얘기 해주셔도 되나요?"

"그래야 더 좋은 기획이 나오는 거 아니겠습니까? 후후."

대표는 약점이라고 보일 수도 있는 부분을 솔직하게 꺼내놓았다.

"그래서 C AD의 기획이 마음에 든 겁니다. 보험에 관한 변화가 없으면서도 JD를 홍보할 수 있는 그런 기획이라서, 성과만 보인다면 이사회도 수락할 것 같습니다."

"그러려면 첫 번째에 성공을 해야 되겠네요."

"맞습니다."

"이사회에서 어느 정도의 성과를 원하는지 모르겠지만 효과는 분명히 있을 거예요. 보험 가입자가 당장 늘지는 않더라도 사람들 입에 JD 이름은 오르내릴 겁니다."

"자신 있으십니까? 만약에 진행을 시작했다가 이사회에서 중단하라고 그러면 우리도 문제입니다. 안 하느니만 못한 꼴이 되어버릴 수 있습니다."

한겸은 미소를 지은 채 가방에서 주섬주섬 서류를 꺼냈다.

"저희가 DooD와도 홍보를 진행하고 있어요."

"알고 있습니다. 저희에게 협업을 제안했다는 것도요. 시작을 하게 되면 DooD에서도 함께 홍보를 할 테니 성공한다는 말은 아니겠죠?"

"맞아요."

"정말 그렇게만 하면 성공할 거라고 보시나요?"

한겸은 웃으며 말을 이었다.

"그건 아니죠. 그럼 다른 회사들도 전부 후원하고 성공했겠죠. DooD와 JD가 같이 후원을 하는 동시에, DooD의 기존 광고가 수정돼서 나올 거예요. 같이 연계해서 기사화를 시킬 거고요."

"그다음도 있겠죠?"

"네, 있어요. 첫 번째 후원자에 대한 홍보는 대부분 DooD 위주로 진행이 될 거예요. 그래서 홍보할 플랫폼과 커뮤니티도 대부분 게임과 관련된 곳들이고요. 거기에 영상을 올릴 거예요."

"제가 나오는 영상이겠죠?"

"네. 그런데 그게 끝이 아니에요. 이건 저희 기획 팀원들이 기획한 겁니다. DooD와 진행 중인 사항이에요. 이렇게 진행할 예정입니다."

기획 팀원들이 머리를 맞대고 짠 기획이었다. DooD와 조율을 하며 다듬을 곳이 있었지만 한겸이 보기에도 괜찮은 기획이었다.

"후원자들에게 기본적으로 게이밍 노트북을 지원할 거예요. 그리고 원하는 사람들에 한해 DooD와 계약을 하고 윈드를 즐기는 모습을 DooD 플랫폼에서 방송하게 될 거고요. 스트리머 계약이라고 보시면 돼요. 거기서 얻는 수익금 중 DooD에게 돌아가는 금액은 다시 후원금으로 쓰일 예정이고요."

"저희 얘기는 하나도 없는 것 같습니다."

"그렇지 않아요. JD에 관한 내용은 후원자들이 수시로 언급하게 될 겁니다. DooD에서도 JD가 어떤 후원을 해줬는지 알리기 위해 영상에 링크를 달 예정입니다. 그럼 게임 방송을 보던 사람들도 자연스럽게 JD에서 제작한 영상을 볼 수 있겠죠. 물론 대표님이 나오는 영상은 링크를 통해서만 볼 수 있는 게 아니라,

모든 동영상 플랫폼에서 볼 수 있을 겁니다."

"그러려면 사람들에게 노출이 되어야 하는데 영상만 올린다고 노출이 되는 건 아니잖습니까."

"그게, 다른 곳에서도 홍보를 지원해 줄 예정입니다."

"음……? DooD 말고도 다른 곳이 있습니까?"

"기본적으로는 두 곳이 진행하는 거죠."

"기본이 우리와 DooD라면 다른 곳도 있다는 거군요?"

한겸은 기다렸다는 듯이 씨익 웃으면서 가방에서 자료를 꺼냈다.

*　　　　*　　　　*

한겸은 재차 자료가 맞는지 확인을 하고는 씨익 웃으며 입을 열었다.

"저희 기획 팀원들이 홍보하기 위해 만든 기획안에 그 내용이 있습니다. 저희가 지금 얘기가 오가는 곳은 바로 두립입니다."

"두립이요?"

"네, 정확히 말하면 두립 전자예요."

"두립도 이 일을 같이하는 겁니까?"

"네, 저희가 DIO 광고를 맡아서 두립하고 인연이 좀 있거든요. 그래서 게이밍 노트북을 지원해 달라고 제안서를 보냈어요."

"그 게이밍 노트북이 두립 전자였군요. 그런데 인연이 있다고 하나 지원을 해준다고 확신하시는 건가요?"

한겸은 씨익 웃었다.

"그럼요. 윈드가 최고 사양 게임이라는 오해를 받고 있거든요. 아무리 광고를 수정한다고 해도 당장 오해를 벗기는 힘들어요. 그래서 좋은 일 한 사람을 후원하려는 기획을 짠 거고요."
"그게 무슨 상관일까요?"
"상관있습니다. 최고 사양이 필요한 게임이 아무런 무리 없이 돌아가는 노트북. 두립에서는 지원만 해도 얻을 수 있는 게 큰데 당연히 끼어들겠죠. 그 부분을 홍보하지 않는다면 두립 홍보 팀은 실력이 없는 걸 거고요."

한 대표는 내내 짓고 있던 미소 대신 기가 막히다는 표정을 지었고, 한겸은 기특하다는 미소를 지으며 기획안을 쳐다봤다.

*　　　　　*　　　　　*

한겸은 벌써 며칠째 C AD가 아닌 충무병원으로 출근했다. 의료진들과 인터뷰를 하고 사진을 찍는 것과 동시에 JD 손해보험, DooD와 연락을 하느라 눈코 뜰 새 없이 바쁘게 보냈다. 그런 한겸이 주말인 오늘은 의료진이 아닌 연성의 병실을 찾았다.
병실에 도착한 한겸은 연성의 어머니로부터 연신 감사 인사를 받아야 했다. 자신들이 가입한 보험사도 아닌 상대방 보험사인 JD 보험 조사관이 사고에 대해 조사를 해 갔다고 했다. 그 부분은 한겸도 이미 알고 있던 부분이었다.

"정말 감사하고 너무 고마워요. 우리가 말할 때는 제대로 조사할 시늉도 안 하더니 선생님이 도와주시니까 완전 다르네요."

"제가 뭐 딱히 한 건 없어요."

"없긴요. 뭐가 그렇게 급한지 아주 전화기에 불이 날 정도로 연락을 하더라고요."

연성을 위해서 일을 시작한 의도는 아니었기에 한겸은 멋쩍게 웃었다. JD에서 조사한 내용은 이미 전부 알고 있었다. 과실에 대한 건 변하지 않았다. 누굴 구하기 위해서라고는 하나 가해자인 건 변함이 없었다. 하지만 JD에서는 특수한 경우라고 인정하며 보험료가 아닌 후원 명목으로 병원비와 치료비를 지원하겠다고 했다. 그 모든 것이 며칠 지나지 않았음에도 무척 빠르게 진행되고 있었다.

'DooD하고 발맞추느라 고생하시네.'

DooD에서는 빠져나가는 유저를 막기 위해 하루빨리 수정된 광고와 현실 히어로에 관한 홍보를 원했다. JD 손해보험도 DooD와 같이 공개를 해야지 시너지효과를 발휘할 수 있다는 판단을 하고 진행한 것이었다.

한겸은 만족스러운 미소를 지으며 침대에 앉아 있는 연성을 봤다.

"몸은 괜찮으세요?"

"점점 좋아지고 있긴 해요. 그런데 정말 이렇게 도움만 받아서 어떡하죠?"

"저희도 도움을 받고 있어요. 그나저나 인터뷰는 잘하셨어요?"

"인터뷰까지는 아니고… 그냥 JD에서 어떤 아저씨가 와서 음료수도 사다 주고 그랬죠."

"어떤 아저씨요?"

"인상 좋아 보이는 아저씨인데 높은 사람 같더라고요. 김 프로님이 말씀하신 것처럼 제 얘기 써도 되냐는 허락 맡으러 왔다고 하더라고요."

"혹시 이 사람이에요?"

한겸은 며칠 전 JD 손해보험 방문 시 찍은 사진을 보여주었다.

"어, 맞아요."

"JD 대표이사인데 직접 왔었어요? 이야… 제대로 하려나 보네."

"대표이사였어요?"

한겹도 약간 놀랐다. JD에서 내보낼 영상에 대한 스토리는 이미 다 알고 있었다. 보험 조사관들이 조사한 걸 토대로 사건을 재구성하고 보험이 어떻게 지급되는지를 보여줄 계획이었다. 좀 더 안전에 유의할 수 있도록 당부하는 것과 동시에 보험금 지급에 대한 투명성을 보여주겠다는 계획이었다. 물론 좋은 일을 한 사람을 도와주는 취지가 가장 우선이었다.

영상만 내보내도 충분했는데 대표가 병문안까지 왔다는 말에 한겹도 놀랄 수밖에 없었다. 한 번이라면 단순 쇼로 보일 수도 있겠지만, 그것이 계속된다면 영상에 진정성이 더해질 것 같았다. 누구의 결정인지 모르겠지만 훨씬 그림이 좋을 거라 예상되었다. 한겹이 JD의 결정에 만족할 때 대화 중이던 연성이 질문을 했다.

"김 프로님, 그런데 오늘 방송 나가는 거 맞아요?"

"네, 맞아요. 12시에 영상 업로드한다고 했어요. 지금이 11시니까 1시간 남았네요. 저도 같이 보려고 왔어요."

"그렇구나. 그런데 같이 보시려고요?"

"네, 어떻게 진행되는지도 설명드려야 되고요."

"같이 볼 만한 게 없는데……."

한겹은 급하게 주변을 둘러봤다. 그러고는 의아한 표정으로 고개를 갸웃거렸다.

"어? DooD에서 인터뷰했죠?"

"했죠. 어떤 기자랑 와서 사진 찍어 가고 그랬는데요."

"어? 이상하네. 혹시 뭐 다른 거는 안 주고 갔어요?"

"어떤 거요?"

한겸은 연신 의아한 표정으로 고개를 갸웃거렸다. 두립 전자에서 노트북을 지원한다는 확답을 받았고, DooD에 확인했을 때도 지급한다는 말을 했었다. 만약 변동 사항이 있다면 가장 먼저 자신에게 연락이 왔을 텐데 연락을 받은 것이 없었다.

노트북뿐만이 아니었다. 치료비를 JD에서 후원하는 대신 DooD에서는 집에서 재활치료 할 수 있는 기기와 병원에 와야 할 때 필요한 교통수단을 지원하기로 했다. 이건 C AD의 신입 기획 팀원들이 내놓은 아이디어였기에 한겸도 알고 있었다. 다만 치료기기와 교통수단은 퇴원하고 난 뒤 알려도 되었지만, 노트북은 동시에 공개하는 것이 좋았다. DooD에서도 동의를 한 상태였다.

그런데 노트북을 아직까지 주지 않았다. 한겸은 계획이 틀어진다는 생각에 인상을 찡그렸다. 그러고는 휴대폰을 꺼내 전화를 걸려 했다. 그때, 병실 문이 열리면서 익숙한 얼굴이 나타났다.

"김 프로님도 계셨군요."

"아! 팀장님, 안 그래도 전화하려고……."

병실을 찾은 사람은 다름 아닌 DooD의 홍보 팀장 진혁과 홍
보 팀 직원이었다. 홍보 팀 직원은 병실 앞에 짐을 놓고 있었고,
진혁이 박스를 들고 병실로 들어왔다. 그 모습을 보던 한겸은 하
려던 말을 멈췄다. 진혁은 한겸에게 가벼운 인사를 건넨 뒤 연성
에게 다가갔다.

　　"몸은 괜찮으시죠?"
　　"네, 뭐 괜찮아요. 그런데 인터뷰를 또 해야 되나요?"
　　"아닙니다. 저번에 못 드리고 간 선물을 드리려고 찾아왔습니
다. 오늘은 사용하시는 모습만 사진으로 찍어 가면 됩니다."
　　"선물이요?"
　　"노트북입니다."
　　"노트북이요?"

　　진혁과 함께 온 직원이 박스를 뜯어 노트북을 꺼냈다.

　　"마우스 연결해 드릴까요?"
　　"네? 아, 네."

　　연성은 얼떨떨한 표정을 지은 채로 대답했고, 직원은 마우스
를 연결한 노트북을 연성의 앞에 놓았다.

　　"이걸 저 주는 거예요?"

연성은 노트북을 만져볼 생각도 못 한 채 재차 확인을 했다. 그러자 진혁이 웃으며 입을 열었다.

"좋은 일 하신 보답입니다. 노트북은 앞으로 저희가 후원을 할 분들에게 공통적으로 지급되는 겁니다. 이건 가죽 케이스고요."

"아……."

"마음에 안 들면 바꾸셔도 됩니다. 여기 앞에 보시면 바람 부는 손 위에 '첫 번째 영웅에게'라고 보이시죠? 이걸 새기느라고 조금 시간이 걸렸습니다."

연성은 민망한 표정을 지으면서도 기분이 좋은지 입을 씰룩거렸다. 그러자 연성의 어머니가 어이가 없다는 듯 말했다.

"병원비 내준다고 그럴 때는 시큰둥하더니 노트북 받으니까 그렇게 좋냐?"

"꼭 그런 건 아니고……."

"어휴… 참, 그래도 이렇게 선생님들이 우리 연성이가 한 일 알아주셔서 그나마 마음이 풀립니다. 감사합니다."

진혁은 가볍게 고개를 숙여 어머니의 감사 인사에 답했다. 자신의 것이라는 걸 확인한 연성은 '첫 번째 영웅에게'라는 말이 좋았는지 노트북이 아닌 노트북 케이스를 쓰다듬기 시작했다. 그런 연성의 모습을 보던 한겸은 진혁을 보며 조용히 물었다.

"노트북 케이스에 문구 새기느라 오늘 주신 거예요?"

"이게 다 C AD 때문이잖아요."

진혁이 오히려 어이가 없다는 표정을 지었다.

"C AD는 진짜 모든 직원이 그렇게 열정적입니까? 저희 홍보 맡은 그 양미애라는 분은 시도 때도 없이 문자를 보냅니다. 저것 도 엊그제 갑자기 연락 오더니 노트북에 저걸 새겨서 주면 좋을 것 같다고 그러더라고요."

홍보에 관한 건 신입 팀원들에게 맡긴 상태였고, 확정된 부분 만 보고를 받고 있었다. 아마 회사에 가면 그에 대한 보고서가 있을 것이었다.

"저걸 노트북에 당장 어떻게 새깁니까. 두립 전자에 알아보니 까 말도 안 된다고 그래서, 저희가 머리 터지게 고민해 생각해 낸 겁니다. 저거 가죽에 새기는 것도 급하게 하느라고 아주 진 땀 뺐습니다."

"고생하셨어요. 그런데 확실히 좋네요. 받는 사람도 기분 좋 을 것 같고, 얼마나 많은 사람을 후원했는지 보여줄 수도 있고 요."

"김 프로님은 모르고 계셨어요?"

"아! 알고 있었어요."

한겸은 어색함에 고개를 돌렸다. 신입 팀원들이 일을 제대로 하고 있었다. 노트북을 주는 것만 해도 그랬다. 힌트를 준 건 자신이었지만 알아차린 건 신입 팀원들이었다.

"C AD는 진짜 하나같이 열정적입니다. 저희한테 노트북 얘기 꺼내기도 전에 두립 전자에서 먼저 연락이 왔다니까요. 노트북도 지원해 주고 홍보도 도와주겠다고 제안이 와서 우리는 이게 무슨 일인가 당황스러웠죠. 알고 보니까 C AD 작품이더라고요."

진혁은 그동안의 노고를 알아달라는 듯 자신이 한 일을 열심히 설명했다. 처음 봤을 때와는 다른 모습에 한겸은 웃으며 얘기를 들었다. 그때, 함께 온 홍보 팀 직원이 진혁에게 조그맣게 속삭였고, 진혁은 그제야 다시 연성에게 말을 하기 시작했다.

"다음 달 퇴원하시기 전에 댁에 의료용 침대와 공기압 마사지, 그리고 전신 마사지 기기까지 선물로 드리려고 합니다. 그래서 언제쯤이면 괜찮을지 확인을 하려고요."

"저한테요?"

"네, 당분간 거동이 불편하시니까 그게 가장 좋을 것 같다고 판단했습니다."

연성은 어머니를 쳐다봤고, 어머니도 이제는 조금 난감해하는 표정을 지었다.

"너무 많이 받는 것 같은데요."

"이 정도는 아무것도 아닙니다. 언제쯤이 괜찮으실지. 아무래도 퇴원하시기 전에 설치를 해놓는 게 좋을 것 같아서요."

"연락만 주시면 애 아빠한테 받으라고 하면 되긴 하는데."

"그럼 저희가 어머님께 연락을 드려도 될까요?"

"그러세요······."

진혁은 아직 끝나지 않았다는 듯 서류철을 하나 꺼내더니 연성에게 내밀었다. 그것이 무언인지 알고 있던 한겸은 자신도 모르게 헛기침을 뱉었다. 저것만큼은 반대를 했지만 DooD 홍보팀에서 결코 물러나지 않았던 것이었다.

"연성 씨가 앞으로 병원에 오실 때 저희가 이동 수단을 지원해 드릴 거예요."

"차를 준다고요······?"

"그것까지는 아니고요. 기사님을 대동한 차량을 지원해 드릴 거예요. '히어로 카'라고 이런 차량입니다. 아직 나온 건 아니고요."

"······."

진혁이 내민 서류를 본 연성은 자신도 모르게 인상을 찡그렸다. 그러고는 한겸을 쳐다봤지만 한겸은 아예 고개를 돌려 버렸다.

"그냥 혼자 다니면 되는데요."

"힘들죠."

"이건 좀⋯ 너무 눈에 띄는 거 같은데요."

"당연히 눈에 띄어야죠. 영웅이 타는 차량인데요. 저희 윈드 캐릭터들입니다."

"오타쿠 느낌도 나는 거 같고⋯⋯."

연성의 말이 끝나기 무섭게 연성의 어머니가 연성을 나무랐다.

"화려하고 좋기만 하고만 그래! 누가 이렇게 너한테 도움을 줘! 감사하다고 해도 모자랄망정인데 그게 무슨 버릇이야."

"아니, 감사하지! 그런데⋯ 아⋯ 감사합니다⋯⋯."

진혁이 내민 사진 속 차량에는 윈드의 캐릭터들이 빼곡하게 붙어 있었다. 어떻게 해서든지 조금이라도 윈드를 홍보하겠다는 DooD의 의지였다.

진혁이 설명을 하는 사이 JD에서 영상을 올리는 시간에 맞춰 놓은 휴대폰 알람이 울렸다. 그에 맞춰 진혁도 연성에게 하던 설명을 멈추고 노트북을 열었다. 그러고는 병원 와이파이를 이용해 Y튜브를 튼 뒤 JD 손해보험 채널을 검색해 들어갔다. 그러자 누가 편집을 했는지 헛웃음이 나오는 제목이 보였다. 그 제목을 본 연성은 민망한 표정으로 또 한겸을 쳐다봤고, 한겸은 대답 대신 미소를 지었다.

[#JD 손해보험] 내가 다칠 걸 알면서도 남을 도운 영웅을 JD 손보에서 소개합니다.]

DooD와 마찬가지로 JD 손해보험도 어떻게든 회사명을 노출시키겠다는 의지가 보였다.

*   *   *

한겸은 JD 손해보험에서 올린 영상을 보며 눈썹을 씰룩거렸다. 영상이 어떤 내용인지는 이미 알고 있었지만 한 대표의 콘셉트는 듣지 못했다.

영상 속 한 대표는 마치 사회 고발 프로그램의 진행자처럼 매우 진중한 모습이었다. 같이 보던 연성도 비슷한 느낌을 받았는지 피식거리며 말했다.

"이 영상 나가면 저 잡혀갈 거 같은데요?"

"왜요?"

"꼭 '그런데 말입니다', 그럴 거 같아서요."

한겸도 동의한다는 듯 소리 내서 웃었다. 그래도 한 대표는 너무 진지한 모습이었다. 저 모습보다는 평소처럼 여유 있는 모습이 훨씬 좋은 그림을 만들었을 것 같았다. 며칠 전 미팅에서 찍은 사진을 바탕으로 색을 찾았다. 거기에는 편안한 얼굴의 한상운 대표가 고개를 가볍게 숙이고 있었다. 확실히 사람을 편하게 만드는 미소가 잘 어울리는 사람이었다.

영상은 진지한 모습을 제외하고는 상당히 준비를 많이 했다. Y튜브에서 흔히 보는 1인 방송 느낌보다는 TV 프로그램을 보는 것 같은 구성이었다. 그 짧은 시간에 스튜디오까지 만들었다. 그 스튜디오에서는 보험 조사관들이 직접 사고 현장을 찾아 사고 당시를 재현해 보기까지 했고, 해당 보험 조사관을 출연시켜 대화를 나누며 진행되었다. 사고 당시 주변 차량들의 블랙박스까지 공개했다. 게다가 트럭까지 섭외해 직접 재현을 하는 모습이 나왔다.

―이곳은 3차선 도로지만 포켓 차선이 존재합니다. 이 포켓 차선에서는 유턴만 가능합니다. 그리고 유턴과 동시에, 우회전으로 진입할 수 있는 좁은 도로가 보입니다.

―바로 저기군요. 굉장히 가깝군요.

―맞습니다. 그리고 저 골목을 보시면 대규모 아파트 단지가 공사 중입니다. 트럭은 재개발 중인 공사 현장으로 진입하기 위해 유턴을 한 것입니다. 다만 차체가 크다 보니 유턴을 한 번에 할 수가 없었죠.

―트럭 운전사의 운전 미숙은 아닙니까?

―운전 실력이 문제가 아니었습니다. 저희가 같은 차량을 섭외해 실험을 해봤습니다. 영상에서 보듯 25톤 덤프트럭으로 한 번에 유턴할 수는 없었습니다. 저희 조사 팀에서 관찰을 해보니 공사장

으로 향하는 대부분의 트럭이 유턴을 하지 않고 좌회전을 해서 골목으로 진입하는 걸 확인했습니다. 게다가 골목으로 들어가는 마을버스 역시 좌회전처럼 골목으로 진입하는 것을 볼 수 있습니다.

─그럼 이 트럭은 왜 유턴을 한 거죠?

─오전에 공사장으로 차량이 들어올 때는 교통 통제를 하고 있었습니다. 하지만 이 사고 트럭이 들어올 때는 그런 통제가 이루어지지 않았습니다. 그래서 좌회전으로 편하게 갈 수도 있었지만, 신호를 지켜 유턴을 한 것입니다. 그런데 그 신호를 지킨 것 때문에 사고가 발생한 경우고요.

한겸은 피식 웃었다. 잘못하면 트럭 운전사에게 비난의 화살이 쏟아질 수 있는 걸 미연에 방지하는 것처럼 보였다. 트럭 운전사가 JD 손해보험 가입자이다 보니 신경을 썼을 것이다.

─그럼 도대체 사고가 어떻게 난 겁니까?

─트럭의 블랙박스를 보면 리어카가 갑자기 튀어나오는 것이 보일 겁니다. 이건 트럭 뒤에 있는 차량들의 블랙박스입니다.

─여기에는 리어카를 끄는 할아버지가 보이는군요.

─맞습니다. 그런데 인도로 가고 있죠. 그런데 갑자기 내려온 겁니다.

─그럼 이 어르신이 사고를 유발한 겁니까?

─유발한 건 맞지만 고의는 아닙니다. 사실 도로교통법상 리어카가 인도로 다니는 건 위법이죠. 그렇기에 차도로 내려온 것까지는 문제가 없습니다. 문제는 내려온 이유죠. 트럭이 유턴하는 곳을

보시면 간판 가게가 보일 겁니다.

─네, 보입니다.

─그리고 여기 블랙박스를 보면 인도에 파란색 1톤 트럭이 있습니다. 짐을 싣기 위해서죠. 유턴을 하는 곳이니 이곳에 정차를 할수가 없어 가게 앞에 바짝 붙인 것으로 보입니다. 그리고 할아버지는 그 트럭을 피해 차도로 내려온 것이고요. 다만 트럭 운전자의 시점에서 사각지대라는 점이 문제였습니다. 블랙박스에서도 들리듯 트럭 뒤에서 대기 중인 차량들이 동시에 클랙슨을 울리는 소리가 들립니다. 앞에 아무것도 보이지 않았기에 사고라고 생각하지못하고 빨리 가라는 신호로 알아들은 겁니다. 그래서 트럭이 움직인 거고요. 그때, 갑자기 대기 중이던 오토바이가 대기 중인 앞차들을 무시하고 빠르게 다가오는 것이 보입니다.

화면을 보던 연성의 어머니는 고개를 돌려 버렸다. 한겸이 보기에도 무슨 생각으로 저렇게 들어갔을지 놀랄 정도였다.

"진짜 저렇게 무식하게 들어갔어요?"
"저렇게 앞에 멈추면… 트럭도 멈출 줄 알고……."

그나마 사고가 나는 장면은 편집을 한 상태였다. 대신 사고 당시를 추측할 수 있도록 다 휘어진 오토바이 휠이 화면을 대체했다.

─오토바이와 오토바이 운전자의 다리를 넘어가고 나서야 트럭

이 인지를 했습니다. 처음 조사 당시에는 사고를 방지하려고 끼어든 것으로 판단하지 못하고, 그저 먼저 진입하려는 것으로만 보였습니다. 하지만 조사 결과 사고 오토바이가 배달을 하려는 주소는 이 골목이 아니었습니다. 골목 방향으로 급하게 끼어들 이유가 없습니다. 그리고 사고 목격자의 증언에 의하면 사고를 당하고도 이 리어카 할아버지에게 괜찮냐고 물었다고 했습니다.

―자신의 안위보다 먼저요?

―네, 그래서 크게 다치지 않은 줄 알았다고 했습니다. 트럭 운전사에게까지 사과를 하고 나서야 고통을 호소했다고 합니다.

―쉽지 않은 선택이었을 텐데 대단하군요.

―조금 더 확실히 하고자 저희가 인터뷰를 진행해 봤습니다.

드디어 연성에 관하여 나오기 시작했다. 병원에 와서 찍은 사진들부터 시작되었다. 모자이크가 된 상태였지만 모자이크로 인해 더 상처가 심각하다는 생각이 들게 만들었다.

―우측 족관절 내과 개방성 골절을 시작으로, 발목 아래 뼈라는 뼈는 다 부서진 상태였습니다. 발가락은 분쇄골절로 가루가 되었다고 생각하시면 됩니다.

―현재 상태는요?

―다행히 절단까지는 안 갔습니다. 그래도 개방성 환부로 인해 피부 괴사가 일어나 여러 차례 수술을 나눠 할 수밖에 없었습니다. 그리고 현재는 피부 이식을 하면서 수술은 끝난 상태이고, 회복하는 중입니다.

—불행 중 다행입니다. 그럼 오토바이 운전자의 상태는 좋아진 겁니까?

—네, 지금부터 인터뷰를 보시죠.

화면에 연성의 얼굴이 나오기 시작했다. 사고 당시에 대해서 부터 지금 상태에 대해서 한참 동안 인터뷰가 진행되었다. 거의 끝나갈 무렵 조사관이 질문을 했다.

—자칫 생명이 위험했을 수도 있는데 두렵지 않으셨습니까?

—음… 그때는 그런 거 생각나지도 않았어요. 그냥 눈앞에서 사람이 죽을 거 같아서 저도 모르게 끼어들었어요.

—후회하지는 않으십니까?

—여러 가지 생각이 들죠. 다리 보면 걱정되면서 내가 무슨 짓을 한 건지 하고 후회도 들죠. 그런데 저기 요구르트 보이시죠? 그거 할아버지가 감사하다고 찾아오셔서 주고 가신 거거든요. 저거 보면 사람 구했다는 생각에 뿌듯하기도 하고 그래요.

—혹시 다음에 또 이런 경우가 발생하면 그때도 사람을 구할 생각이십니까?

—그건 모르죠. 몸이 또 먼저 나갈지, 저도 잘 모르겠어요.

인터뷰는 솔직 담백하게 진행되었다. DooD와 상의한 뒤에 나온 인터뷰였기에 앞으로 나올 기사와 비슷한 내용이었고, 한 겸도 알고 있었다. 다만 연성의 얼굴을 보며 이야기를 듣자 기분이 묘했다. 후회하지 않는다거나 또다시 구하겠다는 약속보다는 앞으로를 걱정하기도 하고 후회도 하는 현실에 가까운 보통 사람처럼 느껴졌다. 그래서인지 나였으면 어땠을까 생각하게 만들었다. 어려울 거라고 생각한 한겸은 다시금 연성을 보며 감탄했다.

잠시 뒤 연성의 인터뷰가 끝나자 화면이 바뀌며 말이 이어졌다.

―그럼 이 사건은 누구의 과실이 크다고 봅니까.

―과실만으로 따지면 비접촉 사고를 낸 리어카와 무리하게 진입을 한 오토바이의 과실이 큽니다. 하지만 트럭도 전방 주의를 제대로 하지 않았다는 점을 봐야 합니다.

―그래서 누구의 잘못이라는 겁니까.

―누구의 잘못이라기보다는 도로 환경이 이런 사고를 만든 것이라고 생각합니다. 지금은 공사를 하는 특수한 환경이라고는 하나, 평소에도 버스나 대형 차량들이 운행하는 곳입니다. 애초에 좌회전 신호가 필요한 곳이라고 판단되었습니다. 그래서 저희 JD 손해보험 교통사고 조사 관리 팀에서는 이와 같은 사고를 미연에 방지하기 위해서 아산시에 도로 관리 계획 변경 요청에 관한 민원을 신청한 상태입니다.

중간중간 JD 손해보험에 대한 홍보도 잊지 않았다. 잠시 뒤, 이제 연성을 후원하는 내용이 나올 차례였다.

―그럼 과실은 이대로 진행이 되는 겁니까?

─도로교통법에 의거해 과실 비율은 이대로 진행이 될 것입니다.

─그럼 책임보험만 가입된 상태인데 보험 처리 외 병원비는 자가부담해야겠군요.

─아마 그렇게 진행될 겁니다.

─남을 구하려다 다쳤는데 아무런 보상을 받지 못한다고요?

한 대표의 얼굴이 찡그려지는 것과 동시에, 화면에 어이없는 자막이 깔렸다.

[한상운의 Flex!]

─이러니까 점점 더 삭막한 사회가 되어가는 거군요. 좋은 일 하다가 다쳤는데 병원비까지 내야 한다면 너무 억울하지 않을까요? 제가 비록 안연성 씨처럼 누구를 돕기 위해 뛰어들지는 못하겠지만 가만있을 순 없군요. 상을 받아도 모자랄 판에 고통과 걱정을 안고 살아야 하는 건 너무 불합리합니다.

─안타깝게도 법적으로 어떻게 할 수가 없습니다.

─나는 할 수 있습니다.

어떤 내용이 나올지 알고 있어서인지 한겸에겐 인위적인 느낌이었지만, 저런 식의 연출이 좀 더 연성과 한 대표를 부각시킬 것 같았다.

연성이 중요한 만큼 한 대표도 필요한 인물이었기에 한겸은 만족스러운 미소를 지으며 영상을 봤다. 그때, 한 대표가 의지를 표현하듯 주먹을 불끈 쥐며 입을 열었다.

─우리 JD 손보가 안연성 씨의 추가 병원비를 대납하도록 하겠습니다. 그렇게 진행해 주시죠.
─알겠습니다.

곧바로 한 대표의 얼굴이 잡히며 마무리 인사가 나왔다. 그리고 끝남과 동시에 자막이 나왔다. 끝까지 JD를 홍보하는 내용이었다.

─안연성 씨의 행동을 기억하고 존중하겠습니다. 우리 JD 손해보험도 시민들이 불합리함을 느끼지 않도록 먼저 찾아가겠습니다.

＊　　　　＊　　　　＊

JD 손해보험의 한 대표는 오늘 올라온 영상을 확인했다. 첫 영상의 성공 여부에 따라 앞으로 계속 진행될지가 결정되기에 신경이 쓰였다. 사람들의 반응은 제각각이었다. JD의 행보를 응원해 주는 사람도 있는 반면, 부정적으로 보는 시선도 있었다.

─와! 이게 진짜 플렉스지! 생판 남을 살리려고 몸을 던지다니 ㄷㄷ 나라면 절대 못 할 듯.

―운전하다 보면 리어카 끌고 도로 차지하는 노인네들 개짱나
긴 하더라.

　―그나마 JD에서 도와줘서 덜 억울하겠다. JD 손보 응원합
니다!

　―사람 친 트럭 운전사는 뭔 잘못? 인생 하나 망쳤다고 죄책감
에 빠져 있을 건데.

　―그래서 JD에서 도와준다잖아. 그런데 JD 대표라는 사람, 정
치하려고 그러나?

　―용팔이 차팔이 보팔이 믿으면 안 되는 삼대 팔이범ㄷㄷ

　아무래도 마지막에 넣은 자막 때문인지 정치하기 위해 바탕
을 만든다고 생각하는 모양이었다. 홍보실에서 끝까지 밀어붙여
넣은 자막이었다.

　"그건 넣지 말자니까. 후, 그래도 반응은 생각보다 좋군."

　DooD에서도 기사를 뿌리기 시작하면 더 많은 사람들이 볼
것이었다. 이제 기다리기만 하면 되었다. 그때, 한겸에게서 메시
지가 도착했다.

　[저번에 말씀드린 내용은 메일로 보낸 포스터처럼 진행이 될
것 같습니다.]

　한 대표는 메일을 보며 헛웃음을 뱉었다. 미팅 당시 홍보에 관

한 제안을 다 듣고, JD를 선택한 이유를 물었다. 그런데 그 이유가 바로 자신 때문이었다.

간단한 설명을 듣기만 했는데도 JD 손해보험에 도움이 될 것같은 일이었다. 다만 오디션을 봐야 한다며 여러 포즈를 취하게하더니 사진까지 찍어 갔다. 그리고 그 사진을 바탕으로 포스터를 보내왔다.

＊　　　　＊　　　　＊

며칠 뒤. DooD의 무척 공격적인 홍보가 계속되었다. 히어로를 후원한다는 기획을 게임 커뮤니티에 공개했고, 수정된 광고는TV 및 Y튜브 같은 동영상 플랫폼 등에 게재되었다. C AD 사무실에서 임 프로에게 홍보 진행에 대해 전달받던 한겸이 웃으며말했다.

"바쁘셨겠어요."

"아닙니다. 김 프로님이 만드신 기획에 숟가락만 올려놓은 건데요. 그리고 DooD에서 이미 게재 플랜이 잡혀 있던 상태라 수정된 광고만 올리면 되는 거라서 어렵지 않았습니다."

"그래도 노트북에 글씨 새긴 건 좋았어요."

"그것도 전부 김 프로님이 짜신 거 조금 바꾼 것뿐인걸요. 그런데 진짜 대단하신 거 같습니다."

"저요? 제가 왜요?"

"노트북 말입니다. 고사양 게임이 문제없이 돌아가는 노트북!

그래서 그런지 두립에서도 저희가 제안서 보내자마자 참여하겠
다고 연락하더군요."

"그냥 오해를 풀려면 시간이 걸릴 거 같으니까 그걸 이용해
보자는 거였어요. 두립에서도 홍보 시작했어요? 여기에 두립에
서 홍보한다는 자료는 없네요."

임 프로는 미소를 지으며 말했다.

"어제부터 홍보 시작했습니다."
"그래요? 이상하네. 제 생각보다 조용하게 홍보하는데요?"

한겸은 의아한 표정으로 임 프로를 봤다. DooD에서 공격적
으로 홍보를 하는 만큼 두립에서도 발맞춰 홍보를 하는 것이 도
움이 될 것이었다. 후원품을 지원하는 것이었기에 대놓고 홍보
를 하는 것은 힘들더라도, 기사를 통해 후원하고 있다는 것은
노출을 하는 게 맞았다. 그런데 홍보를 한다는 자료가 하나도
없었다.

"기사가 오늘 나오나요?"
"기사로 내보내진 않을 것 같더라고요."
"어? 그럼요?"
"Y튜브로 홍보를 한다고 했습니다. 서승원 씨가 후원하는 콘
텐츠를 진행한다고 하더라고요."
"서승원 씨요? 원래 Y튜브 있었어요? 없었던 걸로 아는데. 그

럼 이제 막 개설한다는 건데 그럼 홍보가 너무 안 될 거 같은데 요?"

"서승원 씨 개인 채널이 아니고 두립 채널에서 두립과 관련된 물품을 후원하는 콘텐츠를 진행합니다. 그 진행자가 서승원 씨 입니다. 그리고 첫 화에는 특별 게스트로 박재진 씨도 출연했습 니다."

"지금 영상 있어요?"

"네, 한번 보시죠."

영상을 찾아 들어가던 한겸은 피식 웃었다. 서승원도 봉사를 한다는 이미지가 있었다. DIO80의 모델이다 보니 두립을 홍보하 기에 적절한 사람이었다.

게다가 박재진까지 더해 조금 더 봉사하고 있다는 이미지를 만들려고 하는 것처럼 보였다. 두립에서도 홍보를 하기 위해 머 리를 쓰고 있다는 것이 느껴졌다.

—안녕하세요. 무가 채널의 Anything is possible, 서승원입니 다. 제가 두립 전자의 채널에 등장해서 놀라셨죠. 다름이 아니라 두립 전자의 사회사업 팀과 제가 도움을 필요로 하는 분들에게 작 은 도움을 드리기 위해 만든 채널입니다. 채널 이름도 무엇이든 가 능하다, 를 줄인 것이니만큼 최선을 다해 돕기로 하겠습니다. 오늘 은 첫 화이다 보니 새로운 내용을 진행하기보다는 어떻게 진행하 게 될지 구상을 해보려고 합니다.

"말은 잘하는데 너무 딱딱한데요?"

"하하하, 조금 더 보시죠."

Y튜브를 처음 해보는 승원은 너무 딱딱한 느낌이었다.

─어떻게 시작해야 될지 대본도 주지 않아서 막막하더라고요. 그래서 제가 특별히 봉사왕이라는 타이틀을 갖고 있는 분을 모셨습니다.

─와, 승원이 너 1화 하고 쫓겨나기 딱 좋겠는데? Y튜브를 누가 그렇게 방송하냐. 분하! 방송 보고 있는 백성들 모두 저고리 풀고 소리 질러!

─분하가 뭔데요?

─내 인사인데? 참고로 분마 아님.

한겸은 어이가 없어 웃었다. 이제는 대놓고 분마라고 광고하고 있었다. 구독자들을 백성으로 부르는 것도 분마의 콘셉트에 들어가 있는 것이었다. 그래도 박재진의 등장으로 인해 분위기가 한결 가벼워졌다. 그동안 친분이 두터워졌는지 화면에 보이는 두 사람이 친해 보였고, 그만큼 영상이 자연스럽게 느껴졌다. 그렇게 잠시 농담을 주고받은 두 사람은 콘텐츠에 대한 말을 시작했다.

─그러니까 두립에서 세탁기도 주고 냉장고도 주고 뭐 달라면 다 주는 거야?

—그게 어렵죠. 어디에서 도움을 필요로 하는지 제가 정해야 되니까요. 정말 필요로 하는 곳에 갔으면 좋겠거든요.

—에이, 뭐 딸랑 하나 주고 그러겠지.

—형은 말씀을 뭐 그렇게 섭섭하게 하세요.

—진짜 줘?

—막 주는 건 아니라니까요. 사실 지금도 사회사업 팀에서 진행하고 있는 일인데, 봉사를 구독자들과 함께하면 좋을 거 같아서 방송하는 겁니다.

—그래? 뭐 줬는데.

—얼마 전에는 노트북 줬어요. DooD 아시죠?

—알지!

—JD 손해보험은요?

—너 요즘 어려워? 게임 아이템도 팔고 보험도 팔아?

—무슨 말씀을 하시는 거예요. DooD하고 JD 손보에서 현실 영웅들에게 지원하는 사업을 하는데, 두립 전자 사회사업 팀이 거기에도 지원했습니다.

잠깐 기사를 본 박재진이 씨익 웃으며 입을 열었다.

—현실 영웅? 그럼 광고 영웅은 뭐 안 주나?

—가짜 영웅을 왜 줘요. 가짜 영웅은 당연히 안 주죠.

—뭐? 이 자식이! 가짜라니! 너 말이 너무 심한데!

—왜 화를 내세요. 영웅이세요?

두 사람의 주고받는 대화에 한결은 소리까지 내가며 웃었다. 영상에서 잠시 티격태격거린 두 사람은 DooD에서 진행 중인 기획에 대해서 자세히 소개했다. 잠깐 소개할 줄 알았는데 생각보다 꽤 오래 소개했다. 한 대표가 올린 영상도 짤막하게 나왔고, DooD의 기사 역시 소개되었다. 그러다 보니 자연스럽게 연성까지 소개되었다.

―대단하네. 이 콘텐츠 괜찮은데?
―아이고, 왜 이렇게 못 알아들으세요. 우리가 이 기획을 한다는 게 아니라 이런 기획을 진행하는 곳에도 후원품을 지원하겠다는 거죠!
―이야, 너 많이 잘났다. 그렇게 잘하면서 난 왜 불렀냐.
―형님이 봉사왕이니까 도움을 받으려고 그런 거죠. 봉사 하면 박재진, 박재진 하면 봉사잖아요.
―나 가수거든?

한결은 웃으며 영상을 중지했다. DooD와 JD 손해보험에 관한 얘기가 다 나왔기에 나머지는 나중에 볼 생각이었다.

"확실히 도움이 되겠는데요."
"세 곳에서 동시에 홍보를 하다 보니까 성공적으로 진행될 것 같습니다."
"세 곳 아니에요."
"네? JD, DooD, 두립, 세 곳 맞는데요?"

그때, 연신 통화를 하던 수정이 고개를 돌려 대화에 끼어들었다.

"김한겸! 한성 대학병원에서 또 연락 왔어!"

"DooD에 연락하라고 그러지."

"그랬지! 그런데 너 때문이잖아! 네가 병원들 홍보 팀 만나고 다녀서 얼굴 텄다고 우리한테 연락하잖아. 의사랑 간호사 편집하는 것만 해도 바빠 죽겠는데 계속 연락 와!"

수정의 말이 끝나기 무섭게 퀭한 얼굴의 범찬이 입을 열었다.

"우리 학교 병원에서도 연락 왔음. 도움을 필요로 하는 환자들 메일로 보냈단다. 진짜 양심 없는 병원도 진짜 많네."

DooD에서 홍보를 시작한 이후 그동안 미팅을 가졌던 병원들에서 연락이 왔다. 한두 곳이 아니라 거의 모든 병원들에서 연락이 오고 있었다. 자신들 병원에 있는 환자를 선택하면, 병원비는 병원에서 처리하겠다는 곳도 있었다. 그저 병원 홍보를 위한 속셈이었다.

그래도 DooD나 JD 손해보험 입장에서 나쁘지만은 않았다. 다음 대상을 보다 쉽게 찾을 수 있었고, 협력하는 곳이 늘어나면 늘어날수록 부담은 줄어들었다. 다만 홍보만을 위해 함께하려고 하는 곳은 피해야 했다. 그때, 대화를 듣던 임 프로가 눈을 껌뻑거리며 말했다.

"병원에서도 연락이 오는 건가요?"
"그럼요. 홍보할 수 있는 기회잖아요."
"그럼 제가 연락을 받아야 하는 거 아닐까요……?"

한겸은 웃으며 입을 열었다.

"다음 대상 선택은 DooD에 맡기고 프로님들은 홍보만 생각하세요. 아! 혹시 히어로 카 같은 의견 나오면 꼭 말리시고요."
"알겠습니다. 휴… 저희는 DooD와 JD만 생각했는데 어떤 곳이 끼어들지 예상할 수가 없겠네요."

임 프로는 앞으로가 걱정된다는 듯한 표정이었다. 하지만 한겸은 무척이나 만족스러웠다. 신입 팀원들이 실력을 발휘할 기회가 주어졌다. 게다가 회사도 일을 맡게 된 상태이다 보니 회사에 대해 미안한 마음이 조금은 가셨다.

*　　　　*　　　　*

며칠 뒤. 광고와 이벤트가 시작된 이후로 DooD의 진혁과 홍보 팀은 정신이 없는 상태였다. 공격적인 기사를 내보낸 덕분에 DooD에서 진행하는 기획은 많이 알려진 상태였다. 사람들의 반응 또한 긍정적이었다.

긍정적이라는 말로 부족할 정도로 사람들의 칭찬이 쏟아졌다. 심지어는 DooD를 까 내리기만 하던 개인 방송 스트리머들도 간만에 DooD가 좋은 일을 한다며 칭찬했다. 홍보 팀 입장에서 간만이라는 말이 씁쓸하긴 했지만, 쏟아지는 칭찬에 웃어넘길 수 있었다.

하지만 긍정적이라고 해서 모든 사람이 윈드를 하는 것은 아니었다. 얼마나 많은 신규 유저가 가입이 되는지를 살펴야 했다.

"음… 이게 신규 가입자라고?"

"네, 저희 DooD 통합 가입자하고 파이온 계정으로 가입한 윈드 가입자 수입니다."

진혁은 씁쓸한 표정을 지었다. 분명 신규 가입자가 늘긴 늘었다. 하지만 예상했던 수치에 한참 모자랐다. 평소와 크게 다르지 않은 수였다.

"초반에 워낙 많은 사람들이 가입해서 그렇지 이 정도도 성공적인 수치입니다."

"그렇긴 하지. 내가 너무 많은 기대를 했나 보네."

현실의 영웅을 게임으로 초대한다는 기획이 너무 마음에 들었다. 예전 어떤 기사에서 C AD는 오프라인과 온라인의 경계를

두지 않고 하나로 연결시키는 곳이라는 소개를 봤었다. 그리고 그런 기획을 직접 경험했고, 그 기획을 자신이 진행했기에 기대를 할 수밖에 없었다.

"그래도 우리 DooD 자체에 대한 평가는 굉장히 올라갔습니다."

"장기적으로 보면 좋긴 하네. 그런데 일단 윈드가 잘돼야 하는 게 문제지. 개발 중인 가상현실 게임에까지 영향을 주니까."

"잘될 것 같습니다."

"그래야지. 그런데 우리 플랫폼 영상 시청자는 몇이나 돼?"

"시청자 수는 적은데 저희 플랫폼 인지도나 안연성 씨 인지도를 생각하면 꽤 높다고 봅니다."

"그래서 몇 명인데."

"아까 2시에 방송할 때 실시간 287명이 봤습니다. 대신 HT에 올린 편집 영상은 꽤 많은 사람들이 봤습니다. 조회수가 이틀 만에 180만입니다."

"댓글은 여전히 다 윈드에 대한 얘기는 없고 응원만 있지?"

"그렇긴 합니다……."

"알았어. 연성 씨한테 꼭 시간 지키라고 말해. 괜히 시간 넘겨서 하면 나이롱환자라고 오해받을 수도 있다."

"안 그래도 연성 씨 어머님이 칼같이 지켜주고 계십니다."

"그래, 후, JD에 넘기지 말고 우리가 영상을 찍어서 올릴 걸 그랬나."

시청자도 기대에 못 미쳤다. 하지만 JD 손해보험에서 올린 영상은 엄청난 속도로 퍼지고 있었다. 대표가 직접 나오는 이유도 있었지만, 운전자들에게 실질적으로 도움이 되는 내용이다 보니 사람들이 관심을 가졌다.

그러다 보니 홍보는 홍보대로 하면서 실질적으로 얻는 것은 적은 상황이 씁쓸했다. 그때, 타 부서인 운영 팀 팀장이 사무실로 들어왔다. 운영 팀장은 급한 얼굴로 진혁에게 손을 흔들었다.

"임 팀장, 회의 안 가요?!"
"회의요? 연락 못 받았는데요."
"긴급회의! 빨리 일어나요. 지금 난리도 아닌데!"

회의에 대한 얘기는 들은 바가 없었다. 운영 팀장을 살펴보니 급해 보이면서도 들떠 있는 모습이었다.

*　　　　　*　　　　　*

진혁이 이유를 물어보려 할 때, 마침 회의에 참석하기 위해 홍보 팀을 지나가던 다른 팀의 팀장도 운영 팀장을 보더니 입을 열었다.

"박 팀장! 갑자기 이게 무슨 일이야."
"제가 그런 거 아닙니다! 저 말고 임 팀장 때문이잖아요."

"박 팀장이 상황 보고 올렸다면서. 갑자기 회의 참석하라고만 하면 어떡해. 우리도 뭔지는 알고 참석해야지."

"부사장님이 일단 모으라고 했어요."

진혁이 운영 팀장을 볼 때 회사 메신저로 메시지가 도착했다. 긴급회의라며 바로 회의실로 오라는 메시지였다. 진혁도 무슨 일 때문인지 궁금한 마음에 운영 팀장을 쳐다봤다. 그러자 운영 팀장이 웃으며 입을 열었다.

"유저들이 계속 GM 문의 보내고 우리 홈페이지에 문의 올리고 그러고 있어요."

"신규 가입자 수는 그렇게 많지 않은 걸로 확인했는데요."

"무슨 말씀이세요. 복귀 유저가 장난 아닌데요. 그리고 죄다 똑같은 캐릭만 해가지고 밸런스 패치 회의도 해야 돼요."

"네?"

"전부 광고에서 나온 윈저드만 하려고 그런다고요! 죄다 법사예요."

"윈저드요? 그게 무슨 문제라도 있습니까?"

"우리 광고에 나오잖아요! 오늘 차트 보고 기절하는 줄 알았어요. 복귀 유저가 많은 것도 많은 건데 새로 생성된 캐릭터의 70%가 죄다 윈저드예요. 그리고 손에 바람 나오는 모션은 어떻게 나오는 거냐고 계속 묻고 있어요. 이거 또 광고로 속인 거냐고 그럴까 봐 바로 모션 개발해야 할 거 같아서 제가 보고 올렸습니다."

윈드를 즐기는 유저들과 실질적으로 부딪히는 운영 팀에서 나온 말이었다.

"금방 가겠습니다. 먼저들 가세요."

다른 팀장들을 먼저 보낸 진혁은 유저들의 수를 파악하기 시작했다. 한참이나 모니터를 보던 진혁은 그만 헛웃음을 뱉었다.

"복귀 유저들이 이렇게 많아?"

*　　　　　*　　　　　*

다음 날. DooD의 임진혁은 지금 상황이 어이가 없었다. 광고의 한 장면을 바꿨을 뿐인데 유저들의 반응이 폭발적이었다. 복귀 유저도 복귀 유저이지만 광고를 보고 접속한 유저들의 대부분이 한겸이 수정한 부분에 나오는 캐릭터를 선택하고 있었다.

광고 수정 당시 한겸도 광고효과는 크지 않을 거라고 했다. 그저 잘못된 부분을 바로잡으면서 전보다 잘 어울리게 변경을 한 것이었다.

거기에 현실 영웅을 후원하는 이벤트로 홍보를 하는 기획이었는데, 지금 상황을 보면 한겸이 예상하던 것보다 훨씬 효과적인 것 같았다.

"이 사람은 여기까지 생각했었을까?"

"누가 무슨 생각을 해요?"

"아니야. 참, 운영 팀에서는 연락 왔어?"

"네, 아주 죽을 맛이라고 하던데요. 개발 팀하고 어제도 밤샘 작업 했나 보더라고요. 그래도 다음 주까지 모션 패치 된답니다. 패치 공지는 오늘 오후에 올린다네요."

"우리는?"

"홍보용 포스터는 도착했고요. 지하철, 버스 광고 포스터는 바로 작업한다고 그랬습니다."

진혁은 만족해하며 웃었다. 제 발로 찾아와서 망해가는 홍보를 이렇게 살려낼 줄은 꿈에도 몰랐다. 굴러들어 온 복덩이가 어떤 의미인지 몸소 느끼고 있었다.

"보답을 해야겠지."

"네?"

"박 대리한테 하는 말 아니야. 아! 우리 히어로 카는 어떻게 됐어. 준비 잘돼?"

"다음 주 출고되고요. 래핑 작업까지 해도 늦지 않을 거 같습니다."

"래핑 작업 바꾸는 것도 얘기했지?"

"네, 손에서 바람 나오는 모션으로 다시 보냈습니다."

"오케이."

연성이 어떻게 받아들일지 모르겠지만, 게임 외적으로도 홍보를 하기 위한 작업이었다. 진혁은 직원을 돌려보낸 뒤 곧바로 휴대폰을 꺼냈다. 어제 회의에서 나온 내용을 한겸에게 알려주기 위해서였다.

"김 프로님!"

―네, 안녕하세요.

"제가 좋은 소식 전해 드리려고 연락드렸습니다."

―좋은 소식이요?

"네! 저번에 말씀하셨던 해외 유저들 초청하는 기획 말씀하신 거요."

―통과됐어요?

"아직 통과는 아닙니다! 그래도 지금 엄청 긍정적으로 보고 있습니다. 그래서 혹시 제대로 된 기획안을 준비하실 수 있나 해서요."

―지금 가도 될까요?

"지금이요? 기획안 준비하신 거예요?"

―첫 미팅 때도 만들어 갔었죠.

"알겠습니다. 그럼 기다리겠습니다!"

진혁은 웃으며 통화를 마쳤다.

　　　　　*　　　　　　*　　　　　　*

　DooD에 도착한 한겸은 조금은 달라진 내부를 둘러봤다. 내부적으로 크게 변한 건 없었지만 벽과 엘리베이터에 붙어 있는 포스터가 달라져 있었다. 함께 온 범찬도 벽을 둘러보며 감탄했다.

　"와! 겸쓰! 우리가 작업한 거로 싹 다 바꿔 버렸네."
　"그러게."

　여러 가지 버전의 포스터가 붙어 있던 벽은 한겸이 수정한 장면으로 만든 포스터로만 도배되어 있었다. 자신이 수정한 것이기 때문에 한겸도 저 포스터에 대한 사람들의 반응을 관심 있게 지켜봤다.

　"내가 보기에는 다른 장면도 좋은데 유독 이 장면이 인기가 좋네. 왜일까?"
　"우리 C AD가 만들어서 그렇지. 넌 그걸 몰라?"
　"수정한 부분 빼면 원래 광고도 좋았단 말이야. 그런데 사람이 유독 우리가 바꾼 장면을 좋아하니까 이상하잖아."
　"잘 만들었으니까!"

　한겸은 범찬을 보며 혀를 찼다. 원래 광고도 색이 보이는 상당히 잘 만든 광고였다. 그렇기에 사람들의 반응이 상당히 좋았었다. 물론 안내 문구 하나로 문제가 되긴 했지만, 분명히 잘 만든 광고였다. 그럼에도 사람들의 반응은 수정된 부분에 쏠려 있었다. 똑같이 색이 보이더라도 차이가 있는 건가 고민까지 하게 만들었다. 고민을 하며 걸음을 옮기다 보니 미팅 장소인 홍보 팀에 도착했고, 홍보 팀 내에도 포스터가 붙어 있는 것이 보였다.

"김 프로님! 어서 오세요."

매번 마주칠 때마다 진혁의 표정은 달라져 있었다. 지금 진혁의 표정은 병원에서 봤을 때보다 더 반가워하는 표정이었다.

"안녕하세요."
"엄청 일찍 오셨네요."
"기획안이 완성되어 있어서요."
"그렇군요. 사실 김 프로님이라면 볼 필요도 없는데 그래도 절차상 이런 게 필요해서 그런 거니까 이해해 주세요."
"당연하죠."
"제가 회의에서 간략하게 얘기를 했는데 반응이 좋습니다. 해외 사업부도 환영하더라고요. 해외에서 오픈베타를 하지 않은 걸 문제 삼을 수 있는데 그 부분을 상쇄시킬 수 있을 것 같다고 그러고요. 아무튼 일단 한번 보실까요?"

프레젠테이션을 하러 온 건지 접대를 받는 건지 헷갈릴 정도로 진혁의 태도는 친절했다. 덕분에 편하게 프레젠테이션을 마친 한겸은 진혁의 대답을 기다렸다.

"저번에도 듣긴 했는데 확실히 좋네요. 보통 한국 홍보 영상 보면 한국의 명소를 소개하는데, 그게 아니라 한국의 문화나 시민성 위주로 홍보를 하는 거군요. 젊은 층의 게임 문화에 DooD가, 그리고 점점 변해가는 사내 문화를 보여주기 위해 JD 손보를 끼웠군요."

"네, 맞아요. 그리고 해외에서도 우리나라 의료 체계 칭찬하잖아요. 그 부분도 부각시킬 생각입니다."

"그러니까 각 분야를 대표한다고 보면 되네요. 그렇게 한국 문화와 시민성에 대해 소개하면서 차별을 하지 말자는 메시지를 주는 그런 광고군요. 그걸 기업에서 진행한다면 제품 광고가 끼어 있어야 하니 부적절할 수도 있는데, 국가에서 진행할 예정이라면 보는 사람으로 하여금 광고를 캠페인처럼 받아들일 수 있게 되겠네요."

한겸은 웃으며 고개를 끄덕거렸다. 처음 봤을 때 진혁이 보였던 자신감이 괜히 나온 것이 아니었다.

"저희가 어떤 식으로 윈드를 소개할지 구상해 온 것도 있습니다."

한겸은 전에 작업해 둔 파일로 만든 스토리보드를 꺼냈다. 그러고는 약간 걱정된다는 표정으로 설명했다.

"각 파트마다 칸이 나눠질 거예요. 윈드의 배경 역시 세 칸이고요. 앞에 두 칸에도 백인과 흑인이 들어갈 거예요."

"오… 좋은데요?"

"그런데 실제로 가상현실 공간에 들어가도 이렇게 나올 수 있는지 알 수가 없어서요."

"아! 그게 걱정이셨구나. 잠시만요. 박 대리! 윈드 VR 자료 있지? 우리 임원들 대상으로 시연회 하던 거."

진혁은 홍보 팀 직원이 가져온 자료를 먼저 살펴보더니 씨익 웃었다. 그리고는 한겸에게 내밀었다.

"이게 윈드 가상공간에 들어갔을 때 모니터로 나오는 모습입니다. 김 프로님이 가져오신 자료와 큰 차이가 없죠?"

"와, 그러네요."

"아직은 공간이 한정이 되어 있습니다. 걸어서 다니면 학교 운동장만 할 겁니다. 이번 이벤트에 공개할 때도 마찬가지고요. 그래도 보시다시피 기존의 가상공간과는 확실히 차이가 있습니다. 비교가 안 되죠. 현실이라고 봐도 무방할 정도입니다."

한겸은 무척이나 만족스러운 표정으로 자료를 봤다. 한겸이 가져온 자료와 큰 차이가 없었다. DooD에서 수락만 한다면 이대로 진행해도 될 것 같았다. 한겸은 웃으며 범찬에게도 자료를 보여줬다. 그러자 범찬이 인상을 찡그리며 한겸의 귀에 속삭였다.

"너 변했다."
"응?"
"우리가 직접 확인을 해봐야지!"

범찬은 목을 가다듬더니 진혁에게 말했다.

"저희 C AD가 이번에 제작할 광고에 심혈을 기울이는 중이라서 확인을 해봐야 할 것 같습니다."
"음. 그렇겠군요. 일단 이 기획안이 통과가 되면 그렇게 진행될 수 있도록 해보죠."

범찬은 주먹까지 불끈 쥐며 만족해했고, 한겸은 그런 범찬을 보며 피식 웃었다. 어차피 기획안이 통과된다면 그 부분을 다시 얘기할 생각이었다. 그래도 범찬이 미리 말을 꺼낸 덕분에 수고를 덜긴 했다.

*   *   *

며칠 뒤. 시간이 흐를수록 JD 손해보험의 영상이 점점 퍼져 나가며 커다란 이슈가 되고 있었다. 한겸의 기획 때문만이 아니었다. 첫 영상이 반응을 보이자·JD가 발 빠르게 움직였다. 지난 몇 년간 연성이 사고 난 위치와 그 근처에서 일어난 사고들까지 조사해 가며 도로의 구조 변경이 필요하다는 점을 알렸다. 거기서 멈추지 않고 민원을 접수하는 과정부터 진행 중인 과정을 담은 영상도 올렸다. 처음에는 연성과 관련된 영상 하나뿐이던 JD 채널에는 벌써 5개의 영상이 있었다. 함께 영상을 보던 범찬이 질린다는 듯 입을 열었다.

"한 대표님 전에 사고 났을 때는 쿨한 사람인 줄 알았는데 엄청 집요한 사람이었네. 무슨 보험회사 대표가 담당 공무원한테 전화까지 해. 이 담당 공무원은 아주 죽을 맛이겠다."

"그러게. 그래도 덕분에 연성 씨 이름은 많이 언급돼서 좋긴 하네."

"이럴 줄 알았으면 나도 Y튜브 채널이나 개설할걸."

"이거 한 대표님이 해서 성공한 거지 네가 뭐로 하려고."

"알고 있는데도 기분 나쁘네. 내가 한다는 게 아니라! 다른 크리에이터들처럼 한 대표님 영상 가져와서 올리면 되잖아! 지금 그런 영상이 얼마나 많은데."

"너도 그중 하나 되려고?"

범찬이 말한 것처럼 JD의 영상이 많은 관심을 갖게 되자 사건을 소개하는 Y튜버들이 생겨났다. 지금은 현실 영웅이라고 검색하면 연성과 관련된 영상이 수두룩했다. 그 정도로 이슈화시키는 데 성공했고, 미적지근한 반응을 보이던 JD 이사회도 사람들의 반응에 긍정적으로 바뀌었다. 덕분에 DooD와의 협업은 계속 진행할 예정이라고 전해 들었다.

한겸도 자신의 기획이 성공하는 것은 좋았다. 다만 서둘러서 작업을 하고 싶은데 두 곳이 바빠져서 일정이 조금씩 미뤄지고 있었다.

『눈으로 보는 광고 천재』 11권에 계속…